PEQUENOS PÁSSAROS

HISTÓRIAS ERÓTICAS

ANAÏS NIN

PEQUENOS PÁSSAROS

HISTÓRIAS ERÓTICAS

Tradução de Haroldo Netto

L&PM EDITORES

Texto de acordo com a nova ortografia.
Título original: *Little Birds*

Este livro está disponível também na Coleção **L&PM** POCKET (2004)

Tradução: Haroldo Netto
Capa: Ivan Pinheiro Machado. *Ilustração*: iStock
Revisão: Jó Saldanha, Renato Deitos e Deise Mietlicki

CIP-Brasil. Catalogação na publicação
Sindicato Nacional dos Editores de livros, RJ

N619p

Nin, Anaïs, 1903-1977
Pequenos pássaros / Anaïs Nin; tradução Haroldo Netto. – Porto Alegre [RS]: L&PM, 2019.
152 p. ; 21 cm.

Tradução de: *Little Birds*
ISBN 978-85-254-3897-3

1. Ficção francesa. I. Netto, Haroldo. II. Título.

19-59368 CDD: 843
CDU: 82-3(44)

Meri Gleice Rodrigues de Souza - Bibliotecária CRB-7/6439

Rua Comendador Coruja, 314, loja 9 – Floresta – 90.220-180
Porto Alegre – RS – Brasil / Fone: 51.3225.5777

Pedidos & Depto. Comercial: vendas@lpm.com.br
Fale conosco: info@lpm.com.br
www.lpm.com.br

Impresso no Brasil
Primavera de 2019

SUMÁRIO

PREFÁCIO*

É interessante o fato de que muito poucos escritores tenham se disposto a escrever, por vontade própria, contos ou confissões eróticas. Mesmo na França, onde se acredita que o erótico tem um papel tão importante na vida, aqueles que assim procederam o fizeram movidos pela necessidade – a necessidade de dinheiro.

Uma coisa é incluir o erotismo em um romance ou num conto, e outra, bem diferente, é concentrar toda a atenção nisso. O primeiro caso é como a própria vida. Trata-se de algo natural, sincero, como nas páginas sensuais de Zola ou Lawrence. Mas concentrar todo o trabalho na vida sexual faz com que se perca a naturalidade. Transforma-se em algo assim como a vida de uma prostituta, uma atividade anormal que termina por afastá-la do que é realmente sexual. Os escritores talvez saibam disso. Daí terem escrito apenas uma confissão ou uns poucos contos, como uma atividade marginal, destinada a satisfazer sua sinceridade a respeito da vida, como foi o caso de Mark Twain.

Mas o que acontece a um grupo de escritores que precisam tanto de dinheiro que se dedicam inteiramente ao erótico? Até que ponto isso afeta suas atividades, seus

---

* Adaptado da introdução à história publicada como "Marianne" no livro *Delta de Vênus.*

sentimentos em relação ao mundo, sua técnica de escrever? Que efeito tem isso em sua vida sexual?

Permitam que lhes conte que fui uma espécie de madre superiora de um grupo desses. Em Nova York, a vida se torna mais dura, mais cruel. Eu tinha muitas pessoas para tomar conta, muitos problemas e, como eu era muito semelhante em caráter a George Sand, que escrevia a noite inteira para cuidar de seus filhos, amantes e amigos, tive que encontrar trabalho. Tornei-me aquilo a que chamarei de "Madame" de uma insólita casa de prostituição literária. Devo dizer que era uma *maison* muito artística, um estúdio com um único aposento dotado de claraboias que pintei de modo a que parecessem vitrais de uma catedral pagã.

Antes que eu seguisse minha nova profissão, eu era conhecida como poetisa, uma mulher independente que escrevia apenas para seu próprio prazer. Muitos jovens escritores e poetas me procuravam. Costumávamos colaborar, discutir e compartilhar o progresso de nossos trabalhos. Diferentes como eram em caráter, inclinações, hábitos e vícios, todos eles tinham um ponto em comum: eram pobres. Desesperadamente pobres. Com frequência a minha *maison* era transformada em uma lanchonete, onde eles apareciam famintos, sem nada dizer, e comíamos aveia Quaker, porque era a coisa mais barata que se podia preparar, e se dizia que dava forças.

Grande parte da literatura erótica foi escrita de estômagos vazios. Ora, a fome é muito boa para estimular a imaginação; não produz potência sexual, e a potência sexual não produz aventuras pouco usuais. Quanto mais fome, maiores os desejos, como é o caso dos homens confinados nas prisões. Dispúnhamos, assim, de um mundo perfeito onde desabrochar a flor do erotismo.

É claro que se a fome é demasiada e por demais persistente, a pessoa se transforma em um vagabundo, um mendigo. Dizem que esses homens que dormem ao longo do cais, sob as marquises, no Bowery, não têm qualquer vida sexual. Meus escritores – alguns dos quais moravam no Bowery – ainda não tinham atingido esse estágio.

Quanto a mim, meu verdadeiro trabalho foi posto de lado quando saí em busca do erótico. Essas são minhas aventuras naquele mundo de prostituição. A princípio, foi difícil dar-lhes forma. A vida sexual, geralmente, é envolvida por muitas camadas, para todos nós – poetas, escritores, pintores. É uma mulher velada, meio sonhada.

PEQUENOS PÁSSAROS

Manuel e sua mulher eram pobres e, quando procuraram pela primeira vez um apartamento em Paris, encontraram apenas dois quartos abaixo do nível da rua, dando para uma área pequena e abafada. Manuel ficou triste. Ele era pintor e não havia luz ali para que pudesse trabalhar. Sua mulher não se importou. Saía todos os dias para trabalhar num circo como trapezista.

Naquele lugar escuro e subterrâneo, toda a vida dele assumiu o caráter de uma prisão. As *concierges** eram extremamente idosas, e os outros moradores pareciam ter concordado em fazer da casa uma espécie de asilo de velhos.

Assim, Manuel vagou pelas ruas até que deparou com uma tabuleta: ALUGA-SE. Foi conduzido a dois aposentos no sótão que mais pareciam um alpendre, mas um dos quartos dava para um terraço, e, quando Manuel pisou ali, foi saudado pelos gritos de garotas em recreio. Havia uma escola em frente, e as meninas estavam brincando na área que ficava abaixo do terraço.

Manuel observou-as por um momento, o rosto se expandindo num sorriso. Seu corpo foi tomado por um ligeiro tremor, como o de um homem antecipando grandes

* *Concierge*: zeladora. Em francês, no original. (N.E.)

prazeres. Teve vontade de se mudar imediatamente, mas, quando caiu a noite e ele persuadiu Thérèse a ir examinar o apartamento, ela nada viu senão dois quartos inabitáveis, sujos e abandonados. Manuel repetiu seu argumento principal:

– Mas há luz, luz bastante para pintar, e também tem um terraço.

Thérèse, contudo, deu de ombros e disse:

– Eu não vou morar aqui.

Manuel então se tornou habilidoso. Comprou tinta, cimento e tábuas. Alugou os dois quartos e se devotou à tarefa de ajeitá-los. Nunca tinha gostado de trabalhar, mas, daquela vez, resolveu-se a fazer o mais meticuloso serviço de carpintaria e pintura jamais visto, para tornar o apartamento bonito para Thérèse. Enquanto pintava, remendava, cimentava e pregava, podia ouvir os risos das meninas brincando no recreio. Mas se continha, esperando pelo momento adequado. Preferia fantasiar como seria sua vida no apartamento em frente à escola.

Em duas semanas, o lugar estava transformado. As paredes pintadas de branco, as portas fechando direito, os armários em condições de serem usados, os buracos do soalho tapados. Aí, então, trouxe Thérèse para ver de novo o apartamento. Ela ficou encantada e concordou imediatamente em se mudar. Em um dia os pertences deles foram trazidos em um carrinho. Na nova casa, dizia Manuel, podia pintar por causa da luz. Ele dançava alegre, mudado.

Thérèse ficou feliz por vê-lo em tal estado de espírito. Na manhã seguinte, quando as coisas do casal ainda estavam desarrumadas e eles tinham dormido nos colchões sem cobertas, Thérèse saiu para o seu trabalho no trapézio e Manuel ficou sozinho para tratar da arrumação. Mas, em vez de desfazer os pacotes, desceu à rua e foi ao mercado de pássaros. Lá gastou o dinheiro das compras que Thérèse lhe dera com uma gaiola e dois pássaros tropicais. Foi para casa e pendurou a gaiola no terraço. Contemplou por um instante as garotinhas brincando lá embaixo, observando suas pernas sob as saias flutuantes. Como caíam umas sobre as outras em seus jogos! Como seus cabelos voavam quando corriam! Os seios pequeninos já começavam a aparecer. O rosto de Manuel ficou vermelho, mas ele não perdeu tempo. Tinha um plano, e era perfeito demais para estragá-lo agora. Durante três dias gastou o dinheiro da comida comprando pássaros de todos os tipos. O terraço ficou cheio de vida com as aves.

Todas as manhãs, às dez horas, Thérèse saía para trabalhar, e o apartamento se via inundado pela luz do sol e pelos risos e gritos das meninas.

No quarto dia, Manuel foi para o terraço. Dez horas era a hora do recreio. O pátio da escola estava animado. Para Manuel, era uma orgia de pernas e saias muito curtas, que revelavam calcinhas brancas durante os folguedos. Ele estava ficando febril, ali, de pé, entre seus pássaros, mas, por fim, o plano deu resultado – as garotas olharam para cima.

Manuel gritou:

– Por que vocês não vêm até aqui para ver? Tenho pássaros do mundo inteiro. Tem até um que veio do Brasil e que tem uma cabeça parecida com a de um macaco.

As meninas riram, mas, depois das aulas, impelidas pela curiosidade, algumas subiram correndo até o apartamento. Manuel teve medo de que Thérèse chegasse e, por isso, deixou-as apenas observar os pássaros e se divertir com seus bicos coloridos e esquisitos e com os gritos exóticos que emitiam. Era bom que tagarelassem e olhassem, que se familiarizassem com a casa.

Quando Thérèse chegou, à uma e meia, ele tinha conseguido das meninas a promessa de que voltariam no dia seguinte, ao meio-dia, assim que as aulas terminassem.

Na hora marcada, elas chegaram para ver os pássaros, quatro meninas de vários tamanhos – uma de longos cabelos louros, outra de cachos, a terceira gordinha e meio indolente e a quarta magra e tímida, com olhos grandes.

Enquanto elas observavam os pássaros, Manuel foi ficando cada vez mais e mais nervoso e excitado. Ele disse:

– Desculpem, mas tenho que ir fazer xixi.

Manuel deixou a porta do banheiro aberta para que elas pudessem vê-lo. Apenas uma, a tímida, virou o rosto e o encarou nos olhos. Manuel dera as costas para as garotas, mas ficara olhando por cima do ombro para ver se o observavam. Quando notou a menina tímida, com seus olhos enormes, ela desviou o rosto. Manuel foi obrigado a se abotoar. Queria desfrutar de seu prazer cautelosamente. Aquilo bastava por ora.

Os olhos grandes o fizeram sonhar o resto do dia, oferecendo o inquieto pênis ao espelho, sacudindo-o como uma bela fruta ou um presente qualquer.

Manuel estava bem seguro de que havia sido premiado pela natureza no que dizia respeito a tamanho.

Era verdade que seu pênis murchava assim que ele se aproximava demais de uma mulher, ou no momento em que se deitava ao lado de uma; era verdade que falhava sempre que queria dar a Thérèse o que ela queria, mas era igualmente verdade que quando alguma mulher olhava para ele, crescia até atingir enormes proporções e se comportava com extrema vivacidade. Era quando atuava no melhor de sua forma.

Durante as horas em que as meninas ficavam trancadas nas salas de aula, ele frequentava os *pissoirs** de Paris, que havia em tão grande número – os pequenos quiosques redondos, os labirintos sem portas, dos quais sempre saíam homens se abotoando, descaradamente, os olhos fixos no rosto de uma mulher muito elegante, uma mulher chique e perfumada, que não se daria conta imediatamente de que o homem estava saindo de um *pissoir* e que só depois baixaria os olhos. Este era um dos grandes prazeres de Manuel.

Ele gostava também de ficar de pé diante do mictório e olhar para as casas que ficavam acima do nível de sua cabeça, onde com frequência haveria uma mulher em uma janela ou numa varanda e, lá de cima, ela o veria segurando o pênis. Manuel não sentia o menor prazer em ser observado por outros homens, o que seria um verdadeiro paraíso para ele, pois todos os homens conheciam o truque de ficar fazendo xixi calmamente, enquanto observavam o vizinho do lado executando a mesma operação. E entravam rapazes ali sem nenhum outro motivo senão para ver e talvez se ajudar mutuamente.

---

* *Pissoirs*: banheiros públicos. Em francês, no original. (N.E.)

No dia em que a garota tímida olhou para Manuel, ele ficou muito feliz. Pensou que agora seria mais fácil se satisfazer por completo se conseguisse se controlar. O que temia era o desejo impetuoso que o assaltava para se mostrar a qualquer custo, estragando tudo depois.

Chegou o momento de outra visita, e as garotas vinham subindo a escada. Manuel vestira um quimono, o tipo da roupa que podia ser facilmente aberta, por acaso.

Os pássaros estavam tendo um lindo desempenho, bicando-se, beijando-se e brigando. Manuel ficou atrás das garotas. De repente, o quimono se abriu e, quando ele se viu acariciando o longo cabelo louro, perdeu a cabeça. Em vez de fechar o quimono, abriu-o mais ainda e, quando as meninas se viraram, o viram como que num transe, o enorme pênis ereto, apontando para elas. Todas se apavoraram, como pequenos pássaros, e fugiram.

A MULHER DAS DUNAS

Louis não conseguia dormir. Virou-se na cama para ficar de bruços e, enterrando o rosto no travesseiro, esfregou-se nas cobertas quentes como se estivesse deitado em cima de uma mulher. Mas quando a fricção aumentou a febre do seu corpo, ele se deteve.

Levantou-se e consultou o relógio. Duas horas. O que poderia fazer para aplacar aquela febre? Saiu de seu estúdio. A lua estava brilhando e ele podia ver claramente as estradas. Estava numa cidadezinha de praia na Normandia, cheia de pequenos bangalôs que as pessoas podiam alugar por uma noite ou uma semana. Louis saiu vagueando, sem destino.

Após algum tempo, ele viu que um dos bangalôs estava iluminado. Ficava no meio de um bosque, isolado. Intrigou-o o fato de ver alguém acordado tão tarde. Aproximou-se sem fazer barulho, os pés mergulhados na areia fofa. As persianas estavam abaixadas, mas não tão cerradas que ele não pudesse enxergar dentro do quarto. Seus olhos se depararam com a mais espantosa das cenas: uma cama muito larga, profusamente coberta por travesseiros e cobertores amarrotados, como se ali já tivesse sido o cenário de uma grande batalha; um homem, aparentemente encurralado em uma pilha de almofadas, como se tivesse sido empurrado até ali após uma série de ataques, reclinado como um paxá em um harém, muito calmo e contente, nu, com as pernas dobradas; e uma mulher, também nua, que Louis só podia ver de costas, contorcendo-se diante do paxá, requebrando-se e desfrutando um tal prazer do que quer que estivesse fazendo com a cabeça entre as pernas dele, que sua bunda tremia toda, as pernas tensas como se estivesse a ponto de saltar.

De vez em quando o homem colocava a mão na cabeça dela, como que para restringir seu frenesi. Ele tentou se afastar. Mas aí, então, ela pulou com grande agilidade, ajoelhando-se sobre o seu rosto. Ele não mais se moveu. Sua cabeça estava diretamente embaixo do sexo dela, que, com o estômago curvado para fora, mantinha-se a uma certa distância dele.

Como o homem estava preso, era ela quem teria de se mover para ficar ao alcance de sua boca, que ainda não a tocara. Louis viu o sexo do homem erguer-se e crescer e, com um abraço, ele tentou puxá-la para baixo. Mas a mulher permaneceu a curta distância, olhando, desfrutando o espetáculo do seu belo estômago, pelos púbicos e sexo tão perto da boca dele.

Depois, lentamente, ela se moveu ao encontro dele, com a cabeça sempre inclinada, para observar a fusão da boca do homem com o seu sexo.

Por longo tempo mantiveram aquela posição. Louis ficou tão excitado que teve que deixar a janela. Houvesse permanecido mais tempo teria que se jogar no chão e satisfazer o desejo que o consumia, e isso ele não queria fazer.

Começou a achar que em cada um daqueles bangalôs estava acontecendo algo de que ele gostaria de compartilhar. Caminhou mais rápido, perseguido pela imagem do homem e da mulher, a barriga firme dela arqueada sobre o parceiro...

Até que alcançou as dunas de areia e a solidão completa. As dunas brilhavam como se estivessem cobertas de neve, na noite muito clara. Por trás delas ficava o mar, cujos movimentos rítmicos podia ouvir. Seguiu caminhando sob o luar. E viu a figura de uma mulher andando a sua frente, ágil e rapidamente. Ela usava uma espécie de capa, que o vento enfunava como uma vela e que parecia carregá-la. Jamais conseguiria alcançá-la.

Ela estava se dirigindo para o mar. Louis seguia-a. Caminharam pelas dunas de prata ainda por longo tempo. Na beira do mar, ela se libertou das roupas e ficou nua na noite de verão. Correu até a arrebentação. Imitando-a, Louis também se despiu e entrou correndo na água. Foi só então que ela o viu. Primeiro ficou imóvel. Mas, quando viu com clareza o seu corpo jovem, sua bela cabeça, seu sorriso, não ficou assustada. Louis aproximou-se nadando. Sorriram um para o outro. O sorriso dele, mesmo de noite, era deslumbrante; o dela também. Quase que não podiam distinguir outra coisa que não seus sorrisos brilhantes e os contornos de seus corpos perfeitos.

Ele se aproximou mais. Ela permitiu. De repente, ele nadou com habilidade e graça por cima do seu corpo, tocando nele e passando por cima.

Ela continuou a nadar, e Louis repetiu a passagem. Depois ela ficou em pé e ele mergulhou e passou por entre suas pernas. Os dois riram. Ambos se moviam com facilidade dentro d'água.

Ele estava profundamente excitado. Nadava com seu sexo duro. Aproximaram-se um do outro como se quisessem se esmagar em uma luta. Ele puxou o corpo dela para junto do seu e ela sentiu como estava duro seu pênis.

Ele o colocou entre as pernas dela, que o segurou. As mãos de Louis exploraram seu corpo, acariciaram-na por toda parte. Depois, mais uma vez, ela se afastou, e ele teve que nadar para alcançá-la. De novo, colocou o pênis entre as pernas dela, agora apertando-a com mais firmeza e tentando penetrá-la. Ela se libertou e saiu correndo para as dunas de areia. Pingando, cintilando, rindo, Louis correu atrás dela. O calor da corrida o incendiou de novo.

Depois, no momento em que mais a desejava, sua potência o abandonou, de repente... Ela continuou deitada, molhada e sorridente, e o desejo dele definhou. Louis ficou sem saber o que pensar. Há dias que andava excitado. Queria possuir aquela mulher e não podia. Sentia-se profundamente humilhado.

Para sua estranheza, a voz dela soou extraordinariamente terna.

– Há bastante tempo – disse. – Não vá embora. Está lindo aqui.

O calor dela o contaminou. Seu desejo não voltou, mas foi gostoso senti-la. Seus corpos estavam unidos, barriga contra barriga, pelos sexuais misturados, os seios dela pressionando seu peito, sua boca colada na dele.

Devagar, ele foi se afastando para poder contemplá-la – suas pernas longas, esbeltas, bem torneadas, seus pelos púbicos tão generosos, sua imaculada pele tão clara, os seios grandes e bem erguidos, o cabelo comprido, a boca sorridente.

Louis estava sentado como um buda. Ela se curvou e colheu seu pênis, murcho e pequeno, na boca. Lambeu-o com ternura, delicadamente, demorando-se mais na ponta da cabeça. Aquilo começou a excitá-lo.

Louis baixou os olhos para melhor contemplar aquela boca vermelha e generosa tão lindamente empolgando seu pênis. Com uma das mãos ela acariciou seus ovos, com a outra pegou a cabeça dele, puxando-a delicadamente.

Depois, sentou-se de encontro a ele e segurou seu pênis de forma a colocá-lo entre as pernas. Esfregou-o gentilmente no seu clitóris, sem parar. Louis ficou contemplando sua mão, pensando em como estava bonita, segurando o pênis dele como se fosse uma flor. A excitação aumentou, mas ele não ficou ainda duro a ponto de penetrá-la.

Louis podia ver, na abertura do sexo dela, o líquido do desejo aparecendo, brilhando ao luar. Ela continuou a esfregar. Os dois corpos, igualmente bonitos, se misturavam naquele movimento, o pênis pequeno e murcho sentindo a pele dela, sua carne quente desfrutando a fricção.

– Dê-me sua língua – pediu ela, inclinando-se sobre Louis. Sem interromper a fricção do pênis dele, beijou-o de forma a tocar a ponta de sua língua com a própria língua. Cada vez que o pênis tocava o clitóris, as pontas das línguas se tocavam. E Louis sentiu o calor correndo entre sua língua e seu pênis, circulando para trás e para frente.

Com a voz rouca, ela ordenou:

– Estique a língua bem para fora, para fora.

Ele obedeceu. Ela continuou gritando:

– Para fora, para fora, para fora... – obsessivamente. Quando Louis fez o que pedia, sentiu o corpo todo se arrepiar, como se também seu pênis quisesse esticar-se na direção dela para alcançá-la e penetrá-la.

Ela manteve a boca aberta, dois dedos finos em torno do pênis dele, as pernas abertas, na expectativa.

Louis sentiu um turbilhão, o sangue correndo-lhe pelo corpo, descendo até o pênis, que ficou duro.

A mulher aguardou. Não introduziu o pênis dele imediatamente em seu sexo. Deixou que Louis, de vez em quando, encostasse a ponta da língua na dela. Deixou-o arquejar como um cachorro no cio, abrir o seu ser, esticar-se em sua direção. Louis contemplou a boca vermelha do seu sexo, aberta e expectante e, de repente, a violência do desejo o sacudiu, completou o endurecimento do seu pênis. Atirou-se sobre ela, a língua dentro de sua boca, o pênis forçando passagem para dentro de seu destino.

Mas ele ainda não pôde gozar. Rolaram na areia por longo tempo. Por fim, se levantaram e saíram andando, carregando as roupas. O sexo de Louis continuou bem retesado, e ela se deliciou com aquela visão. De vez em quando caíam na areia e ele a penetrava de novo, deixando-a molhada e quente. E quando andaram de novo, ela à sua frente, envolveu-a nos seus braços, atirou-a ao chão, de modo que ficaram como dois cães se acasalando, apoiados nas mãos e nos joelhos. Ele se sacudia dentro dela, empurrava e vibrava, beijava-a e agarrava-lhe os seios com força.

– Você quer mais? Quer mais? – perguntou ele.

– Sim, me dá mais, mas faça com que dure, não goze; gosto assim, muitas e muitas vezes, sem parar.

Ela estava molhada e febril. Andava, esperando pelo momento em que ele a jogasse na areia e a possuísse de novo, enlouquecendo-a, mas deixando-a antes que gozasse. De cada vez, ela sentia como da primeira, as mãos dele no seu corpo, a areia quente em sua pele, as carícias da sua boca e do vento.

E, quando andavam, ela segurava seu pênis ereto. Uma vez o deteve, ajoelhou-se diante dele e colocou-o na boca. Louis ficou parado diante dela, a barriga movendo-se ligeiramente para a frente. Em outra ocasião, comprimiu o pênis dele entre os seios, fazendo-lhe uma almofada, segurando-o e fazendo-o escorregar por entre aquele suave abraço. Tontos, ofegantes, vibrando com aquelas carícias, eles seguiram caminhando como se estivessem bêbados.

Até que viram uma casa e pararam. Ele suplicou para que se escondesse entre uns arbustos. Queria gozar; não queria deixá-la antes de gozar. Quanto a ela, estava por demais excitada, mas, mesmo assim, desejava se conter e esperar por ele.

Desta vez, quando Louis estava dentro dela, começou a tremer e, finalmente, gozou, com violência. Ela quase subiu pelo corpo dele para também se satisfazer. Os dois gritaram juntos.

Deitados de costas, descansando, fumando, com a madrugada começando a cair sobre eles, sentiram frio e cobriram os corpos com suas roupas. A mulher, desviando os olhos de Louis, contou-lhe uma história.

Ela estava em Paris quando tinham enforcado um radical russo que havia assassinado um diplomata. Morava em Montparnasse, frequentando os cafés, e seguira o julgamento apaixonadamente, como todos os seus amigos, porque o homem era um fanático, dera respostas dostoievskianas às perguntas que lhe fizeram e a tudo enfrentara com grande coragem religiosa.

Naquele tempo, ainda se executavam as pessoas que tivessem cometido crimes mais graves A execução, geralmente, tinha lugar de madrugada, quando não havia ninguém nas ruas, em uma pracinha perto da prisão da Santé, onde ficara a guilhotina no tempo da Revolução. E não se poderia chegar perto demais, por causa da polícia. Poucas pessoas assistiam a esses enforcamentos. Mas, no caso do russo, com tantas emoções agitadas, todos os estudantes e artistas de Montparnasse, os jovens agitadores e revolucionários, decidiram assistir. Ficaram acordados a noite toda, bebendo.

Ela esperara com eles, embebedara-se com eles e ficara em um estado de grande excitação e medo. Era a primeira vez que ia ver alguém sendo enforcado. Era a primeira vez que ia testemunhar uma cena repetida tantas e tantas vezes durante a Revolução.

Com a chegada da madrugada, a multidão deslocou-se para a praça e se colocou em um círculo, o mais perto do patíbulo que o cordão de isolamento sustentado pela polícia permitiu. Ela foi empurrada até um ponto que ficava apenas a dez metros do local do enforcamento.

E lá ficou, comprimida de encontro à corda da polícia, observando com fascinação e terror. Logo um movimento daquele povo todo a deslocou de onde estava, mas, mesmo assim, continuou podendo ver, na ponta dos pés. As outras pessoas a esmagavam de todos os lados. O prisioneiro foi trazido com os olhos vendados. O carrasco ergueu-se, à espera. Dois policiais seguraram o homem e, lentamente, conduziram-no pelos degraus da escada.

Naquele momento, ela percebeu que alguém a apertava bem mais que o necessário. Excitada e trêmula como estava, aquela pressão não era desagradável. Seu corpo ardia em febre. De qualquer modo, dificilmente conseguiria se mover. Estava de blusa branca e com uma saia que abotoava do lado, como era moda então – uma saia curta e uma blusa através da qual se podia ver que sua roupa de baixo era cor-de-rosa e se podia adivinhar o formato dos seus seios.

Duas mãos a envolveram pela cintura e ela pôde sentir distintamente o corpo de um homem, o desejo dele duro de encontro às suas nádegas. Conteve a respiração. Seus olhos estavam fitos no homem que estava por ser enforcado, o que lhe tornava o corpo dolorosamente nervoso. Ao mesmo tempo, as mãos alcançaram os seus seios e os apertaram.

As sensações conflitantes que a invadiram deixaram-na tonta. Não se moveu, nem virou a cabeça. Os botões de sua saia foram descobertos por uma curiosa mão. E cada botão desabotoado fazia com que suspirasse ao mesmo tempo de medo e alívio. A mão esperava para ver se ela protestava, antes de prosseguir em sua tarefa. Ela não se moveu.

Depois, com uma destreza e uma rapidez que não esperara, as duas mãos giraram sua saia de modo a fazer com que a abertura ficasse voltada para trás. Imprensada no meio da multidão, tudo o que pôde sentir foi um pênis sendo lentamente enfiado pela abertura de sua saia.

Os olhos dela permaneceram fixos no homem que ia subindo as escadas do patíbulo e, a cada batida do seu coração, o pênis avançava um pouco. Passou pela saia e deu um jeito de se introduzir por dentro das calcinhas. Como era quente, firme e duro de encontro à sua carne! O condenado foi detido em cima do cadafalso e a corda foi passada em seu pescoço. O sofrimento por observar aquilo era tão grande que transformava aquele contato em algo humano, cálido, reconfortante, um verdadeiro consolo. Aquele pênis latejante entre as suas nádegas lhe parecia uma coisa maravilhosa em que se podia amparar, um símbolo de vida, enquanto a morte se desenrolava à sua frente...

Sem dizer uma palavra, o russo inclinou a cabeça para acomodar o laço. O corpo dela tremia. O pênis avançou por entre as dobras macias de suas nádegas, abrindo inexoravelmente o caminho por dentro de sua carne.

Ela palpitava de medo, e era como um tremor de desejo. Quando o condenado foi lançado no espaço e na morte, o pênis deu um grande salto para dentro dela, despejando os jatos de sua vida quente.

A multidão esmagou o homem de encontro a ela, que quase não podia respirar. Quando seu medo se transformou em prazer, no selvagem prazer de sentir a vida enquanto um homem estava morrendo, ela desmaiou.

Depois dessa história Louis cochilou. E, quando acordou, saturado de sonhos sensuais, trêmulo de algum abraço imaginário, viu que a mulher tinha ido embora. Seguiu suas pegadas na areia por uma boa distância, mas elas desapareceram no bosque que dava para os bangalôs e ele a perdeu.

LINA

Lina é uma mentirosa que não pode suportar ver o próprio rosto refletido em um espelho. Ela tem um sorriso que proclama sua sensualidade, relâmpagos nos olhos, uma boca ávida, o olhar provocante. Mas, em vez de ceder ao seu erotismo e assumi-lo, ela se envergonha dele. Afoga-o. E todo aquele desejo e luxúria crescem dentro dela e destilam os venenos da inveja e do ciúme. Onde quer que a sensualidade desabroche, Lina a odeia. Tem ciúme de tudo, dos amores de todos. Sente ciúme quando vê casais se beijando nas ruas de Paris, nos cafés, no parque. Fita-os com um estranho olhar de raiva. Gostaria que ninguém fizesse amor, porque ela não é capaz de fazê-lo.

Comprou uma camisola de renda negra igual à minha. E foi para o meu apartamento passar algumas noites comigo. Disse que comprara a camisola para uma amante, mas reparei que a etiqueta com o preço ainda estava presa nela. Era uma mulher arrebatadora, cheia de corpo, os seios aparecendo no decote da blusa branca. Vi sua boca voluntariosa entreaberta, o cabelo cacheado a formar uma coroa selvagem em torno de sua cabeça. Cada gesto seu era de desordem e violência, como se uma leoa tivesse entrado no meu quarto.

Começou por afirmar que odiava meus amantes, Hans e Michel.

– Por quê? – perguntei.

– Por quê?

As razões dela eram confusas, inadequadas. Fiquei triste. Aquilo significava encontros secretos com eles. Como eu poderia distrair Lina, enquanto ela estivesse em Paris? O que desejava?

– Somente estar com você.

Assim, nos vimos reduzidas à companhia uma da outra. Sentávamo-nos nos cafés, fazíamos compras, caminhávamos.

Eu gostava de vê-la se arrumar para a noite, o rosto tão cheio de vida. Lina não se harmonizava com a delicadeza de Paris, com os cafés. Tudo nela lembrava a floresta africana, orgias, danças. Mas Lina não era uma pessoa livre, capaz de se deixar varrer pelas vibrações naturais do amor e do desejo. Se a sua boca, corpo e voz eram feitos para a sensualidade, o verdadeiro fluxo dessa sensualidade ficava paralisado dentro dela. Entre as pernas ela tinha sido empalada por um rígido mastro de puritanismo. Todo o resto de seu corpo era solto, provocante. Tinha sempre a aparência de ter saído segundos antes da cama onde estivera com um amante, ou de que estava prestes a ir se deitar com um. Tinha olheiras e era tremendamente inquieta; impaciência, energia e avidez desprendiam-se como fumaça de todo o seu corpo.

Fez tudo o que podia para me seduzir. Gostava de nossos beijos. Prendia minha boca com seus lábios, se excitava e depois fugia. Tomávamos café juntas. Ela ficava deitada na cama e erguia a perna para que, de onde estivesse sentada, eu pudesse ver seu sexo. Quando se vestia, deixava-se ficar nua por um momento, fingindo não ter percebido que eu entrara no quarto.

Nas noites em que Hans vinha me ver, havia sempre uma cena. Lina tinha que dormir no quarto que ficava em cima do meu. Na manhã seguinte, acordava doente de ciúme. Fazia com que eu a beijasse na boca vezes sem conta, até que ambas ficássemos excitadas, e aí se detinha. Gostava daqueles beijos sem clímax.

Saíamos juntas, e eu admirei a mulher que estava cantando num pequeno café. Lina ficou bêbada e furiosa comigo. Disse:

– Se eu fosse um homem, mataria você.

Fiquei irritada. Ela chorou e disse:

– Não me abandone. Se você me abandonar eu estou perdida.

Ao mesmo tempo, discursava revoltada contra o lesbianismo, dizendo que era revoltante e que não permitia nada senão beijos. Suas cenas estavam me deixando cansada.

Quando Hans a viu, disse:

– O problema com Lina é que ela é um homem.

Prometi a mim mesma que iria tentar descobrir, quebrar a resistência dela de um jeito ou de outro. Mas nunca fui muito boa em seduzir pessoas que resistissem. Prefiro que desejem, que cedam.

Quando Hans e eu íamos para o meu quarto à noite, tínhamos medo de fazer qualquer barulho que ela pudesse ouvir. Eu não queria magoá-la, mas odiava suas cenas de frustração e o seu ciúme.

– O que é que você quer, Lina, o que é que você quer?

– Quero que você não tenha amantes. Odeio quando a vejo com homens.

– Por que é que você odeia tanto os homens?

– Eles têm uma coisa que eu não tenho. Eu queria ter um pênis para poder fazer amor com você.

– Há outros modos de se fazer amor entre duas mulheres.

– Mas eu não quero, eu não quero.

Um dia eu a convidei:

– Por que é que você não vem comigo para visitar o Michel? Quero que você conheça sua tenda de explorador.

Michel tinha me dito: "Traga-a, eu a hipnotizarei. Você verá".

Ela consentiu. Fomos até o apartamento dele. Michel estivera queimando incenso, mas um incenso que eu não conhecia.

Lina ficou bastante nervosa quando viu o ambiente. A atmosfera erótica a perturbou. Sentou-se no sofá forrado de pele. Parecia um belo animal, um que valia a pena capturar. Pude ver que Michel queria dominá-la. O incenso estava nos deixando ligeiramente tontas. Lina quis abrir a janela, mas Michel se aproximou, sentou-se entre nós e começou a falar com ela.

Sua voz era delicada e envolvente. Ele contou histórias de suas viagens. Vi que Lina estava ouvindo, que tinha parado de se mexer e de fumar sem parar, que se recostara e sonhava com suas histórias intermináveis. Seus olhos estavam semicerrados. Por fim, adormeceu.

– O que foi que você fez, Michel? – perguntei, sentindo bastante tontura.

– Queimei um incenso japonês que produz sonolência – disse ele, sorrindo. – É um afrodisíaco. Não faz mal algum. – O sorriso dele era travesso. Eu ri.

Lina não estava totalmente adormecida. Tinha cruzado as pernas. Michel trepou por cima dela e tentou abri-las delicadamente com as mãos, mas continuaram fortemente cerradas. Aí, então, ele enfiou o joelho entre as coxas dela e abriu-as. Fiquei excitada ao ver Lina tão passiva e aberta. Comecei a acariciá-la e despi-la. Ela sabia o que eu estava fazendo, mas estava gostando. Conservou a boca colada à minha, os olhos fechados, e deixou que Michel e eu tirássemos toda a sua roupa.

Seus seios grandes cobriram o rosto de Michel. Ele mordeu-lhe os bicos. Ela permitiu que Michel a beijasse e acariciasse os seus seios. Lina tinha nádegas maravilhosas, firmes e redondas. Michel continuou a forçar suas pernas para mantê-las bem abertas e a morder sua carne macia, até que ela começou a gemer. Não teria nada senão o seu pênis. Assim, Michel a possuiu e, quando ela o tinha satisfeito, quis fazer amor comigo. Ela se sentou, abriu os olhos, observou-nos por um momento, meio na dúvida, e então tirou o pênis de Michel de dentro de mim e não permitiu que ele o introduzisse de novo. Atirou-se sobre mim tomada por verdadeira fúria sexual, acariciando-me com a boca e as mãos. Michel a possuiu de novo, por trás.

Quando saímos pela rua, Lina e eu, cada uma segurando a cintura da outra, ela fingiu que não se lembrava de nada do que tinha lhe acontecido. Eu deixei. No dia seguinte, Lina foi embora de Paris.

DUAS IRMÃS

Eram duas jovens irmãs. Uma era robusta, morena, cheia de energia. A outra era graciosa, delicada. Dorothy era forte, e Edna tinha uma bela voz que assombrava a todos e queria ser atriz. Eram de uma família abastada que morava em Maryland. Na adega da casa, o pai delas fez uma cerimônia para queimar os livros de D. H. Lawrence, o que indica o quão atrasada estava aquela família no desenvolvimento da vida sexual. Apesar disso, o pai, com os olhos brilhando, gostava de pôr as duas garotinhas no colo, meter a mão por baixo dos seus vestidos e acariciá-las.

Elas tinham dois irmãos, Jake e David. No tempo em que eles ainda não conseguiam ter ereções, brincavam de fazer amor com suas irmãs. David e Dorothy sempre faziam um par, do mesmo modo que Edna e Jake. O delicado David gostava da irmã mais robusta, tal como Jake, mais viril, gostava da fragilidade de Edna. Os irmãos colocavam seus pênis pequenos e moles entre as pernas delas, mas isso era tudo. A cena era cercada de grande segredo e se desenrolava em cima do tapete da sala de jantar, sendo acompanhada pela sensação de que tinham cometido o maior dos crimes sexuais.

Até que, de repente, essas brincadeiras tiveram um fim. Os garotos descobriram o mundo do sexo através de um outro menino. As irmãs cresceram, se tornaram mais conscientes das coisas. O puritanismo foi se firmando na família. O pai recriminava e lutava contra as intromissões do mundo exterior. Resmungava contra os rapazes que apareciam para visitas. Reclamava dos bailes, das festas de todas as espécies. Com o fanatismo de um inquisidor, queimava os livros que encontrava com as crianças. Desistiu de acariciar as filhas. Não sabia que elas haviam feito aberturas em suas calcinhas, de modo que, quando saíssem para namorar, pudessem ser beijadas entre as pernas; que se sentavam em carros com rapazes, chupando seus pênis, e que o banco do carro da família estava todo manchado de esperma. Mesmo assim, ele expulsava os jovens que apareciam com muita frequência. Fazia tudo o que podia para evitar que suas filhas se casassem.

Dorothy estava estudando escultura. Edna ainda queria seguir uma carreira teatral. Mas se apaixonou por um homem mais velho, o primeiro que realmente conheceu. Os outros eram como meninos; despertavam nela uma espécie de sentimento maternal, um certo desejo de protegê-los. Mas Harry tinha quarenta anos e trabalhava para uma companhia que organizava cruzeiros para pessoas ricas. Ele era uma espécie de diretor social dos cruzeiros, e seu trabalho consistia em providenciar para que todos se divertissem, se conhecessem, para que sua satisfação fosse completa – e suas intrigas amorosas também. Ajudava os maridos a escaparem da vigilância das esposas, e as mulheres, a fugirem dos maridos. As histórias das viagens com aquela gente rica e mimada excitavam Edna.

Eles se casaram. E fizeram juntos uma viagem ao redor do mundo. O que Edna descobriu foi que o marido supria pessoalmente muito da intriga sexual que lhe contava.

Edna voltou da viagem distante de Harry. Sexualmente, ele não a despertara. Ela não saberia dizer por quê. Às vezes, pensava que era por ter descoberto que ele havia pertencido a tantas mulheres. Desde a primeira noite tivera a impressão de que ele não a estava possuindo e, sim, a mais uma mulher como centenas de outras. Não demonstrara emoção. Ao despi-la, ele dissera:

– Oh, você tem quadris tão largos... Você parecia ser tão esbelta, nunca imaginei que pudesse ter quadris tão largos.

Edna sentiu-se humilhada. Achou que não era desejável. E isso paralisou sua autoconfiança, o amor e o desejo que sentia por ele. Em parte para se vingar, começou a olhá-lo com a mesma frieza com que ele a tinha olhado e o que viu foi um homem de quarenta anos cujo cabelo começava a escassear, que logo estaria bem gordo e que parecia pronto para se aposentar e recolher-se a uma vida familiar e pacata. Não era mais o homem que tinha visto o mundo inteiro.

Apareceu então Robert, trinta anos, cabelos escuros e olhos castanhos ardentes, parecendo um animal ao mesmo tempo faminto e terno. Ele ficou fascinado pela voz de Edna, encantado com sua suavidade. Apaixonou-se por completo.

Ele tinha ganhado uma bolsa para estudar em uma companhia teatral. Edna e ele partilhavam um forte amor pelo palco. Ele renovou a fé dela em si própria, nos seus atrativos. E nem chegou a perceber que aquilo era amor. Tratava-a, de certa forma, como a uma irmã mais velha. Até que um dia no teatro, quando todos já tinham ido embora e Edna ficara ajudando-o a decorar o texto, ouvindo-o, dando-lhe suas impressões, eles ensaiaram um beijo que não teve fim. Robert a possuiu em cima do sofá do cenário, um tanto desajeitada e apressadamente, mas com tal intensidade que ela o sentiu como jamais sentira o marido. Suas palavras de elogio, de adoração, seus gritos de deslumbramento, tudo a excitou tanto que ela desabrochou em suas mãos. Eles caíram no chão. A poeira entrou pelas suas gargantas, mas continuaram a se beijar e a se acariciar, e Robert teve uma segunda ereção.

Edna e Robert passavam juntos o tempo todo. O álibi dela para com Harry era o fato de estar estudando representação. Foi um período de loucura, ou cegueira, de viver apenas com as mãos, a boca e o corpo. Edna deixou que Harry fosse sozinho em um outro cruzeiro e ficou livre por seis meses. Secretamente, passou a viver com Robert em Nova York. Ele tinha tal magnetismo nas mãos que o seu contato, até mesmo um simples toque no braço dela, a aquecia toda. Edna vivia receptiva e sensível à presença dele. E o que Robert sentia a respeito da voz dela não se modificou. Telefonava a toda hora só para ouvi-la. Era como uma canção que o atraía para fora de si mesmo e de sua vida. Todas as outras mulheres se tornavam sem efeito ao som da voz de Edna.

Robert aceitou o amor de Edna com uma atitude de posse absoluta e tranquilidade. Ocultar-se e dormir dentro dela, possuí-la, desfrutá-la, tudo era a mesma coisa. Não havia tensões nem momentos de dúvida ou ódio. O amor que faziam nunca se tornou selvagem e cruel, uma luta feroz em que um se esforça por estuprar o outro e o magoa com sua violência e desejo. Não, era como se os dois se transformassem num só, desaparecendo juntos em um útero aquecido, suave e escuro.

Harry retornou. E na mesma época Dorothy voltou do Oeste, onde estivera trabalhando com suas esculturas. Ela própria agora lembrava uma peça de madeira polida, as feições firmes e bem-definidas, a voz natural, as pernas fortes, sua própria natureza sólida e firme, como o trabalho que fazia.

Ela viu o que tinha acontecido com Edna, mas não soube do esfriamento de suas relações com Harry, o marido. Pensou que o causador da separação fosse Robert e o odiou por isso. Achou que fosse um amante de ocasião que tivesse separado Edna de Harry apenas para satisfazer um capricho. Não acreditou que fosse amor. Opôs-se a Robert. Foi hostil, mordaz. Ela própria era como uma virgem inexpugnável, embora não fosse puritana ou histérica. Era aberta como um homem, contava histórias picantes, usava palavras fortes, ria das coisas do sexo. Mas, ainda assim, era inabalável.

Ela sentiu a hostilidade de Robert e exultou. Ela amava o ardor e os demônios furiosos que havia dentro dele, rosnando, mostrando os dentes para ela. O que detestava, acima de tudo, era que, na sua presença, a maioria dos homens se retraíam, ficavam pequenos e fracos. Só os tímidos se aproximavam dela, como que a procurar sua força. Tinha vontade de sacudi-los, ver como rastejavam para junto do seu corpo firme como uma árvore. A ideia de deixá-los enfiar o pênis entre suas pernas era como permitir que um inseto passasse pelo seu corpo.

Enquanto que adorava a luta para expulsar Robert da vida de Edna, para humilhá-lo, demoli-lo. Os três sentavam-se juntos, Edna ocultando seus sentimentos por Harry, Robert sem se oferecer para levá-la embora, sem pensar, vivendo apenas o momento presente – um sonhador. Dorothy o acusava disso. Edna o defendia; lembrava o tempo todo o modo arrebatado como Robert a possuíra da primeira vez, o sofá estreito em que tinham se deitado, o tapete cheio de poeira no qual tinham rolado; pensando em suas mãos, no modo como a haviam penetrado.

Edna disse para a irmã:

– Você não pode compreender. Você nunca esteve apaixonada deste modo.

Dorothy, então, foi silenciada.

Os quartos das duas irmãs ficavam um ao lado do outro. Havia um grande banheiro entre eles. Harry partiu para mais uma viagem de seis meses. Edna deixou Robert ir ao seu quarto de noite.

Uma certa manhã, ao olhar pela janela, Dorothy viu Edna saindo de casa. Não sabia que Robert ainda estava dormindo no quarto dela. Entrou no banheiro para tomar um banho. Edna deixara a porta aberta, e Dorothy, imaginando-se sozinha, não se deu ao trabalho de fechá-la. Nessa porta havia um espelho. Dorothy entrou no banheiro e deixou cair o quimono. Prendeu o cabelo, lavou o rosto. Seu corpo era magnífico. Cada movimento que fazia diante do espelho acentuava as curvas provocantes dos seus seios e de suas nádegas. Seu cabelo era cheio de reflexos; ela escovou-o. Os seios dançaram com o movimento do braço. Ficou na ponta do pé para escovar os cílios.

E Robert, ao acordar, viu-se contemplando aquele espetáculo da cama, tudo refletido no espelho diante dele. De repente, todo o seu corpo se incendiou. Ele jogou fora as cobertas. Dorothy ainda estava visível no espelho, inclinando-se para apanhar a escova de cabelo. Robert não pôde aguentar mais. Entrou no banheiro e parou. Dorothy nada disse. E lá estava Robert à sua frente, nu, o pênis retesado na direção dela, os olhos castanhos queimando-a.

Quando Robert deu um passo na direção de Dorothy, ela se viu tomada por estranho tremor. Sentiu que ansiava por se aproximar dele. Caíram um sobre o outro. Ele meio a arrastou, meio a carregou até a cama. Foi como a continuação da briga deles, pois ela lutava, só que cada movimento seu servia apenas para fazer com que Robert aumentasse a pressão dos seus joelhos, das suas mãos, de sua boca. Robert estava louco de desejo de fazê-la sofrer, de curvá-la à sua vontade, e a resistência dela aquecia seus músculos, aumentava sua raiva. Quando a possuiu, terminando com sua virgindade, ele a mordeu, aumentando sua dor. Dorothy nada sentiu por causa do efeito do corpo de Robert sobre o seu. Onde quer que ele a tocasse, ela incendiava, e depois da dor inicial foi como se o seu próprio útero também estivesse inflamado. Quando acabou, ela o desejou de novo. E foi ela quem segurou o pênis dele entre as mãos e o enfiou mais uma vez dentro de si. Mais forte do que a dor foi o êxtase de senti-lo em suas entranhas.

Robert tinha descoberto uma sensação mais forte, um sabor mais ativo – o cheiro do cabelo de Dorothy, do seu corpo, a energia com que ela o abraçava. Em uma hora Dorothy tinha apagado tudo o que ele sentia por Edna.

Depois disso, Dorothy se sentia como que possuída quando se lembrava de Robert deitado sobre o seu corpo, movendo-se para esfregar o pênis entre os seus seios, buscando incessantemente sua boca, e sentia a tonteira que se experimenta diante de um abismo, uma sensação de queda, de aniquilação.

Não sabia como encarar Edna. Morria de ciúme. Tinha medo de que Robert tentasse continuar com ambas. Mas com Edna, ele se comportava como um menino, deitado ao seu lado, apoiando a cabeça no seu colo e confessando tudo para ela, ansiando por uma mãe, sem pensar nunca no sofrimento que isso poderia lhe infligir. Mas ele percebeu que não poderia ficar. Inventou uma viagem. Implorou a Dorothy para acompanhá-lo. Dorothy disse que iria depois. Ele foi para Londres.

Edna seguiu-o até lá, e Dorothy foi para Paris. Estava agora tentando fugir de Robert pelo amor que tinha a Edna. Começou um caso com Donald, um jovem americano que se parecia com Robert.

Robert escreveu-lhe dizendo que não podia mais fazer amor com Edna, que tinha de fingir o tempo todo. Descobrira que ela havia nascido no mesmo dia que sua mãe, com a qual a identificava cada vez mais, e isso o paralisava. Não iria lhe dizer a verdade.

Logo depois, ele foi a Paris a fim de se encontrar com Dorothy. Ela continuou a ver Donald também. Depois saiu com Robert numa viagem. Naquela semana, juntos, eles pensaram que iriam enlouquecer. As carícias de Robert punham Dorothy em um estado tal que ela implorava para que ele a possuísse, descontrolada. Robert fingia que se recusava, só para vê-la rolando naquela tortura de paixão, à beira de um orgasmo e precisando apenas que ele a tocasse com a ponta do pênis. Depois ela aprendeu a espicaçá-lo também, a deixá-lo quando ele estava quase gozando. Fingia que tinha adormecido. E ele ficava deitado ao seu lado, torturado pelo desejo de ser tocado de novo, com medo de despertá-la. Logo, colava o corpo no dela, punha o pênis de encontro à sua bunda, tentava se esfregar, gozar apenas por tocá-la, sem conseguir, e aí ela acordava e começava a acariciá-lo e a chupá-lo. Faziam isso com tanta frequência que se tornou uma tortura. O rosto dela ficou inchado de tantos beijos, havia marcas dos dentes dele em todo o seu corpo e, ainda assim, não podiam se tocar em momento algum, mesmo quando caminhavam pela rua, sem se incendiarem novamente de desejo.

Decidiram se casar. Robert escreveu a Edna.

No dia do casamento, Edna foi a Paris. Por quê? Era como se ela quisesse ver tudo com seus próprios olhos, sofrer até a última gota de amargura. Em poucos dias, tornara-se uma velha. Um mês antes, ela cintilava, era encantadora, sua voz era como uma canção, uma auréola que a envolvia, o passo leve, o sorriso contagiante. Agora usava uma máscara pintada. Sem vida por baixo. Não havia vida nem em seus cabelos. Seus olhos eram como os de uma pessoa agonizante.

Dorothy fraquejou quando a viu. Clamou por ela. Edna não respondeu – limitou-se a encará-la fixamente.

O casamento foi terrível. Donald apareceu no meio da cerimônia e se comportou como um louco, ameaçando Dorothy por tê-lo traído, ameaçando cometer suicídio. Quando tudo acabou, Dorothy perdeu os sentidos. Edna permaneceu lá, carregando flores, uma figura sombria a lembrar a morte.

Robert e Dorothy saíram para uma viagem. Queriam revisitar os lugares onde tinham estado algumas semanas antes, recapturar o mesmo prazer. Mas, quando ele tentou possuí-la, descobriu que ela não podia corresponder. Seu coração passara por uma transformação, perdera a vida. Ele pensou que fosse a tensão causada por ter visto Edna, pelo casamento, pela cena feita por Donald. Por isso, mostrou-se terno. Aguardou. Dorothy chorou durante a noite. A noite seguinte foi igual. E na outra, Robert tentou acariciá-la, mas o corpo dela não vibrava sob os seus dedos. Até mesmo sua boca não respondia à dele. Era como se tivesse morrido. Após algum tempo, Dorothy começou a esconder isso de Robert. Ela fingia sentir prazer. Mas quando Robert não estava olhando para ela, sua aparência era exatamente igual à de Edna no dia do casamento.

Ela manteve o segredo. Robert foi enganado, até o dia em que tiveram que alugar um quarto num hotel bem barato, porque os melhores estavam todos tomados. As paredes eram finas, as portas não fechavam direito. Assim que apagaram a luz ouviram as molas da cama do quarto ao lado rangendo ritmadamente, dois corpos pesados se batendo. Depois a mulher começou a gemer. Dorothy sentou-se na cama e chorou por tudo o que fora perdido.

Obscuramente, sentia que o que acontecera fora uma punição. Sabia que estava relacionado com o fato de ter tomado Robert de Edna. Pensou que poderia talvez recuperar pelo menos a reação física com outros homens e, talvez, se libertar e voltar para Robert. Quando voltaram para Nova York, buscou aventuras. Em sua cabeça estava sempre ouvindo os gemidos e gritos do casal no quarto do hotel. Não descansaria enquanto não sentisse aquilo de novo. Edna não podia roubar-lhe o prazer do sexo, não podia matar a vida que existia dentro dela. Era uma punição demasiado grande por algo que não tivera culpa.

Tentou encontrar Donald de novo. Mas Donald se modificara. Tinha endurecido, cristalizado. Antes era um rapaz emocional e impulsivo, mas se tornara um homem maduro, completamente objetivo, à procura do prazer.

– Naturalmente – disse ele a Dorothy – que você sabe quem é a responsável por isso. Eu não teria me importado nem um pouco se você tivesse descoberto que não me amava, tivesse me deixado e ido para Robert. Eu sabia de sua atração por ele, só não sabia que era tão profunda. Mas seria impossível perdoá-la por ter conservado a nós dois, simultaneamente, lá em Paris. Muitas vezes eu devo tê-la possuído poucos minutos depois dele. Você queria violência. O que eu não sabia era que, na verdade, você estava me pedindo para suplantar Robert, para tentar apagar a lembrança do corpo dele do seu próprio corpo. Eu pensava, então, que era um frenesi de desejo, e, por isso, correspondia. Você sabe como eu fiz amor com você, quebrando-a, esmagando-a. Uma vez você sangrou. Depois que acabávamos você pegava um táxi e voltava para Robert. E você me disse uma vez que não se lavava depois do amor porque gostava do cheiro que impregnava suas roupas, que a perseguia por muitas horas. Eu quase fiquei maluco quando descobri tudo isso. Tive vontade de matar você.

– Já fui suficientemente punida – respondeu Dorothy, com violência.

Donald fitou-a.

– O que é que você quer dizer com isso?

– Desde que me casei com Robert fiquei frígida.

As sobrancelhas de Donald ergueram-se e seu rosto assumiu uma expressão irônica.

– E por que é que você me conta isso? Na esperança de que eu a faça sangrar de novo? Para que possa voltar ao seu Robert toda molhada entre as pernas e, finalmente, gozar de novo com ele? Deus sabe como eu ainda amo você. Mas minha vida mudou. Não tenho mais nada a ver com o amor.

– Como é que você vive?

– Tenho meus pequenos prazeres. Convido certos amigos selecionados, ofereço-lhes drinques; eles se sentam em minha sala, onde você está agora. Então eu vou até a cozinha preparar mais bebidas, para deixá-los algum tempo a sós. Eles já conhecem meus gostos, minhas pequenas predileções. Quando volto... bem, ela pode estar sentada nessa sua poltrona com a saia erguida e ele ajoelhado à sua frente olhando-a, ou beijando-a, ou, ainda, ele pode estar sentado na poltrona e ela... O que eu gosto é da surpresa, e de vê-los. Eles não percebem que os estou observando. De certa forma, teria sido assim com você e Robert se eu pudesse ter assistido às suas pequenas cenas de amor. Pode ser que seja uma lembrança qualquer. Agora, se você quiser, pode esperar alguns minutos. Está para chegar um amigo meu. É um homem excepcionalmente atraente.

Dorothy pensou em ir embora. Mas observou algo que a deteve. A porta do banheiro de Donald estava aberta e era revestida por um espelho. Virou-se para Donald e disse:

– Escute, eu vou ficar, mas posso ter um capricho também? É uma coisa que não vai alterar em nada o seu prazer.

– O que é?

– Em vez de ir para a cozinha, quando nos deixar, você vai para o banheiro, por algum tempo, e olha no espelho?

Donald consentiu. Seu amigo, John, chegou. Era um homem magnífico fisicamente, mas em seu rosto havia um estranho toque de decadência, uma certa flacidez em torno dos olhos e da boca, algo que quase o definia como um pervertido, e tudo isso fascinou Dorothy. Era como se nenhum dos prazeres comuns do amor pudesse satisfazê-lo. Em seu rosto havia uma insaciabilidade toda peculiar, uma curiosidade evidente – ele tinha qualquer coisa de animal. Os lábios deixavam mostrar com frequência os dentes. Ele pareceu surpreso ao ver Dorothy.

– Gosto de mulheres puro-sangue – disse ele de pronto, olhando agradecido para Donald pelo presente, pela surpresa do encontro.

Dorothy estava toda de peles – chapéu, regalo, luvas; havia pele até mesmo em seus sapatos. O perfume dela já impregnara a sala.

John, muito alto, sorriu para ela. Seu entusiasmo era cada vez maior. De repente, inclinou-se um pouco, como se estivesse em um palco a dirigir uma cena, e disse:

– Tenho uma coisa a lhe pedir. Você é tão bonita! Odeio as roupas que ocultam uma mulher. No entanto, detesto tirá-las. Você faria uma coisa para mim, algo excepcionalmente maravilhoso? Por favor, tire a roupa em outro quarto e volte aqui apenas usando as peles. Está bem? Vou lhe dizer por que peço isso. É que somente as mulheres puro-sangue ficam bonitas com casacos de pele, e é justamente esse o seu caso.

Dorothy foi até o banheiro, tirou a roupa e voltou só com o casaco de peles, as meias e os sapatos, que também tinham pequenas guarnições de peles.

Os olhos de John cintilaram de prazer. Ele pôde apenas sentar e ficar olhando para ela. Sua excitação era tão forte e contagiante que Dorothy percebeu que os bicos dos seus seios estavam começando a ficar sensíveis. Queria expô-los, abrir o casaco e observar o deleite de John. Em geral, o calor e a dilatação dos mamilos ocorriam simultaneamente com o calor e a dilatação na boca do sexo. Mas agora ela podia sentir os seios vibrarem com aquela compulsão para expô-los, erguê-los com ambas as mãos, oferecê-los. John adiantou a boca para eles.

Donald tinha saído. Aguardava no banheiro e assistia à cena pelo espelho da porta. Viu Dorothy diante de John, os seios nas mãos. O casaco de peles tinha se aberto para revelar todo o seu corpo, resplandecente, luxuoso em meio às peles, como um animal adornado com joias. Donald ficou excitado. John não tocou no corpo, sugando apenas os seios dela, parando de vez em quando para sentir a maciez da pele do casaco com a boca, como se estivesse beijando um belo animal. O odor do sexo de Dorothy – o acre cheiro do mar e de conchas, como se a mulher tivesse saído do mar, tal como Vênus – misturou-se com o da pele do casaco, e John começou a sugar com mais violência. Vendo Dorothy através do espelho, os pelos do seu sexo confundidos com a pele do casaco, Donald sentiu que agrediria John se ele a tocasse entre as pernas. Saiu do banheiro, o pênis exposto e ereto, projetado para a frente, e se encaminhou para Dorothy. A cena era tão parecida com a primeira com Robert que ela gemeu de alegria, livrou-se de John e atirou-se sobre Donald, pedindo a ele que a possuísse.

Fechando os olhos, imaginou que era Robert quem a esmagava como um tigre, que lhe arrancava o casaco violentamente e a acariciava com muitas mãos, bocas e línguas, tocando em todas as suas partes, abrindo-lhe as pernas, beijando-a, mordendo-a, lambendo-a. Ela levou os dois homens a um frenesi. Nada se ouvia senão respirações ofegantes, os pequenos ruídos do amor, o barulho do pênis mergulhado no seu sexo tão molhado.

Deixando ambos tontos, ela se vestiu e saiu tão depressa que eles mal perceberam. Donald praguejou:

– Ela não podia esperar. Tinha que voltar correndo para ele, como antigamente. Toda molhada do amor que fez com outros homens.

Era verdade que Dorothy não se lavava. Quando Robert chegou em casa, poucos momentos depois, ela estava cheia de ricos odores, aberta, vibrante ainda. Robert a conhecia muito bem, e sua reação foi rápida. Ficou muito feliz por vê-la como tinha sido muito tempo atrás. Estaria molhada entre as pernas, capaz de corresponder à sua excitação. Penetrou-a.

Robert nunca sabia, exatamente, quando ela estava gozando. O pênis raramente percebe esse espasmo da mulher, essa pequena palpitação. Ele só sente sua própria ejaculação. Desta vez, Robert quis sentir o espasmo em Dorothy, a pequena mas selvagem contração muscular. Conteve seu orgasmo. Ela estava enlouquecida. O momento parecia ter chegado. Ele se esqueceu de observá-la, perdido em sua própria onda de prazer. E Dorothy consumou sua farsa, incapaz de atingir o orgasmo que tivera apenas uma hora atrás, quando fechara os olhos e imaginara que era Robert quem a estava possuindo.

SIROCO

Sempre que eu ia à praia de Deya via duas jovens mulheres, uma pequena e com um jeitinho de garoto, de cabelo curto e cara redonda e graciosa, e a outra como uma *viking*, com cabeça e corpo majestosos.

Elas ficavam sozinhas durante todo o dia. Os estranhos sempre se falavam em Deya, porque lá só existia uma casa de comidas e também porque todos se encontravam na pequena agência dos correios. Mas as duas mulheres jamais falavam com outra pessoa. A mais alta era bonita, com sobrancelhas espessas, cabelo escuro e grosso e olhos azuis muito claros. Sempre a admirei.

O isolamento delas me perturbava. Não eram alegres. Viviam numa espécie de transe hipnótico. Nadavam serenamente, deitavam-se na areia, lendo.

Até que veio o siroco, que durou por diversos dias. Ele não é apenas quente e seco, mas também se desdobra em remoinhos, gira febrilmente, envolve uma pessoa, persegue outra, bate portas, quebra persianas, joga areia fina nos olhos e na garganta, seca tudo e irrita os nervos. Não se pode dormir, caminhar, ficar sentado quieto, não se pode ler. A mente revoluteia exatamente como o vento.

O siroco vem carregado com perfumes da África, fortes odores sensuais de feras selvagens. Provoca uma espécie de febre e perturba os nervos.

Uma tarde eu fui apanhada por ele, enquanto estava ainda a meia hora a pé de minha casa. As duas mulheres iam caminhando na minha frente, segurando as saias que o vento tentava levantar. Quando passava pela casa delas, me viram lutando contra a poeira quente que me cegava e disseram:

– Entre um pouco, até que o vento acalme.

Entramos juntas. Elas moravam em um torreão mourisco que tinham comprado por muito pouco dinheiro. As portas velhas não fechavam direito, e o vento as abria a toda hora. Sentei-me com elas em um amplo aposento circular, todo de pedra, guarnecido por uma mobília muito rústica.

A mulher mais moça nos deixou para fazer chá. Fiquei com a princesa *viking,* cujo rosto estava afogueado pela febre do siroco. Ela disse:

– Esse vento vai me deixar maluca se não parar.

Levantou-se diversas vezes para fechar a porta. Era exatamente como se algum intruso quisesse entrar na sala e fosse repelido, para logo em seguida conseguir abrir de novo a porta. A mulher deve ter tido essa mesma impressão, porque repelia a intromissão com raiva e um medo cada vez maiores.

Mas a *viking* bem sabia que aquilo que o vento parecia estar empurrando para dentro do torreão ela não conseguiria conservar do lado de fora; então ela começou a falar.

Falava como se estivesse em um confessionário católico escuro, com os olhos baixos, tentando não ver o rosto do padre e procurando ser honesta e se recordar de tudo.

– Pensei que pudesse encontrar paz aqui, mas desde que esse vento começou é como se ele estivesse remexendo em tudo aquilo que quero esquecer. Nasci em uma das cidades menos interessantes do oeste dos Estados Unidos. Passava os dias lendo a respeito de países estrangeiros e estava determinada a morar no exterior de qualquer maneira. Apaixonei-me pelo meu marido antes mesmo de conhecê-lo, porque soubera que ele tinha morado na China. Quando ele gostou de mim, eu já esperava por aquilo, era como se tivesse planejado antes. Eu estava me casando com a China. Quase não conseguia vê-lo como um homem comum. Ele era alto, magro, com cerca de 35 anos, mas parecia mais velho. Sua vida na China fora difícil, mas não era muito claro a respeito de suas ocupações lá – tinha trabalhado em muitas coisas para ganhar dinheiro. Usava óculos e parecia um estudante. Fosse como fosse, eu estava tão apaixonada pela ideia da China que me parecia que meu marido era um oriental. Achava até o cheiro dele diferente do dos outros homens.

"Não demorou muito e viajamos para a China. Ao chegar lá, encontrei uma casa linda e graciosa cheia de criadas. O fato de serem todas mulheres excepcionalmente bonitas não me pareceu estranho. Era exatamente como eu as tinha imaginado. Elas me serviam como se fossem minhas escravas, eu achava que me adoravam. Escovavam meu cabelo, me ensinavam a fazer arranjos de flores, a cantar e a escrever em sua língua.

"Nós dormíamos em quartos separados, mas as divisões pareciam feitas de cartolina. As camas eram duras, baixas, com colchões muito finos, de modo que, no princípio, eu não conseguia dormir direito de jeito nenhum.

"Meu marido ficava um pouco comigo e depois me deixava. Certa noite, comecei a reparar em barulhos que vinham do quarto ao lado, barulhos como os provocados por corpos se revirando sobre os colchões e, de vez em quando, um murmúrio abafado. A princípio, não percebi o que era. Levantei-me sem fazer barulho e abri a porta. Vi, então, que meu marido estava deitado ali com duas ou três criadas, acariciando-as. Na semiescuridão, reparei que seus corpos estavam completamente misturados. Quando entrei, ele as expulsou e eu chorei.

"Meu marido me disse:

"– Vivi tanto tempo na China que estou acostumado com elas. Casei-me com você porque me apaixonei, mas não posso desfrutar você como às outras mulheres... e não posso lhe dizer por quê.

"Mas eu lhe pedi para que me dissesse a verdade, supliquei, insisti. Após um momento ele disse:

"– Elas são tão pequenas sexualmente e você é maior..."

"– O que é que eu vou fazer agora? – perguntei. – Você vai me mandar de volta para casa? Não posso ficar aqui com você fazendo amor com outras mulheres no quarto ao lado do meu.

"Ele tentou me consolar, me confortar. Chegou mesmo a me acariciar, mas eu virei para o outro lado e adormeci.

"Na noite seguinte, quando eu já estava deitada, ele se aproximou e disse, sorrindo:

"– Se você me ama e realmente não deseja ir embora, deixará que eu experimente uma coisa que talvez nos ajude?

"Eu estava tão desesperada e ciumenta que prometi que faria qualquer coisa que ele me pedisse.

"Aí, então, meu marido se despiu e eu vi que seu pênis estava coberto por um artefato de borracha recoberto por pequenas barbatanas também de borracha. Aquilo tornava o pênis dele enorme. Fiquei assustada. Mas deixei que me possuísse assim mesmo. Doeu a princípio, embora fosse tudo de borracha, mas quando vi que ele estava gostando, deixei que continuasse. Só me preocupava em saber se aquele prazer que estava sentindo o tornaria fiel a mim. Ele jurou que sim, que não mais desejava mulheres chinesas. Mas, mesmo assim, eu ficava a noite inteira acordada tentando ouvir barulhos no seu quarto.

"Tenho certeza de que ouvi uma ou duas vezes, mas não tive coragem de me certificar. Tornei-me obcecada pela ideia de que meu sexo estava aumentando de tamanho e que lhe daria sempre menos prazer. Por fim, atingi um estado de ansiedade tal que fiquei doente, comecei a perder minha beleza. Decidi fugir. Fui para Xangai e me hospedei em um hotel. Tinha passado um telegrama para meus pais, pedindo dinheiro para a viagem de volta.

"No hotel eu conheci um escritor americano, um homem alto, corpulento, tremendamente dinâmico, que me tratava como se eu fosse também um outro homem, um amigo seu. Saíamos juntos. Ele batia nas minhas costas quando estava feliz. Bebíamos juntos e explorávamos Xangai.

"Uma vez ele ficou bêbado no meu quarto e começamos a lutar como dois homens. Ele não me poupou. Caímos deitados em todas as poses possíveis, cada um procurando ficar por cima do outro. Ele me pegou no chão, com minhas pernas em volta do seu pescoço, e depois, na cama, com a minha cabeça atirada para trás, tocando no chão. Pensei que minhas costas fossem quebrar. Amei sua força e seu peso. Podia sentir o cheiro do seu corpo quando nos apertávamos. Ficamos ofegantes. Bati com a cabeça na perna de uma cadeira. Lutamos por longo tempo.

"Quando eu estava com meu marido eu me via forçada a sentir vergonha da minha altura e da minha força. Aquele homem acabou com isso e eu me senti livre. Ele disse:

"– Você é como uma tigresa. Adoro isso.

"Quando terminamos a luta, estávamos ambos exaustos. Caímos na cama. Minhas calças estavam amarrotadas, o cinto, quebrado. A blusa, para fora das calças. Rimos juntos. Ele bebeu outro drinque. Continuei deitada, de costas, ofegante. Então, ele meteu a cabeça por baixo de minha camisa e começou a beijar meu estômago e a baixar minhas calças.

"De repente, o telefone tocou e dei um pulo. Quem poderia ser? Eu não conhecia ninguém em Xangai. Atendi. Era a voz do meu marido. De alguma forma ele conseguira descobrir onde eu estava. Ele não parava de falar. Enquanto isso, o meu amigo se recuperava da surpresa do telefonema e prosseguia com suas carícias. Eu sentia um enorme prazer em falar com meu marido e ouvir suas súplicas para que eu voltasse para casa, enquanto meu amigo bêbado tomava todas as liberdades possíveis comigo, depois de ter tirado minhas calças, mordendo-me entre as pernas, aproveitando-se da posição em que estava na cama, beijando-me, acariciando meus seios. O prazer era tão grande que dilatei a conversa. Discuti tudo com meu marido. Ele prometia mandar embora as criadas, queria ir até o hotel.

"Recordei tudo o que ele tinha me feito no quarto ao lado do meu, o modo cínico como me traíra, e fui tomada por um impulso diabólico. Falei para ele:

"– Não experimente vir me ver. Estou vivendo com outro homem. Na verdade, ele está comigo agora, me acariciando enquanto estou falando com você.

"Ouvi meu marido me xingar com as palavras mais sujas que ele sabia. Fiquei feliz. Desliguei o telefone e mergulhei debaixo do corpo enorme do meu novo amigo.

"Comecei a viajar com ele..."

O siroco abriu a porta de novo e a mulher foi fechá-la. O vento já estava amainando, e aquela foi sua última investida violenta. A mulher sentou-se. Pensei que fosse continuar. Estava curiosa a respeito de sua jovem companheira. Mas ela permaneceu em silêncio. Após algum tempo eu fui embora. No dia seguinte, quando nos encontramos no correio, ela pareceu nem sequer me reconhecer.

MAJA DESNUDA

O pintor Novalis tinha se casado recentemente com Maria, uma espanhola por quem se apaixonara porque era parecida com a pintura de que mais gostava, a *Maja desnuda*, de Goya.

Eles foram morar em Roma. Maria bateu palmas, como uma criança feliz, quando viu seu quarto, admirando a suntuosa mobília veneziana com maravilhosas incrustações de pérola e ébano.

Na primeira noite, deitada na cama monumental feita para a mulher de um doge, Maria estremeceu de prazer, esticando as pernas antes de ocultá-las sob as finas cobertas. Os dedos rosados de seus pezinhos gordos moviam-se como se estivessem chamando Novalis.

Mas nem uma só vez ela havia se mostrado completamente nua a seu marido. Acima de tudo porque era espanhola, depois católica e, por fim, completamente burguesa. Antes de fazerem amor, a luz tinha que ser apagada.

De pé, ao lado da cama, Novalis a contemplava com as sobrancelhas franzidas, dominado por um desejo que hesitava em expressar – queria vê-la, admirá-la. Não conseguira ainda conhecê-la totalmente, a despeito daquelas noites no hotel, quando ouviam vozes estranhas do outro lado das paredes finas. O que ele pedia não era o capricho de um amante, mas o desejo de um pintor, de um artista. Seus olhos estavam sequiosos da beleza dela.

Maria resistiu, um pouco zangada, enrubescida, seus preconceitos mais profundos ofendidos.

– Não seja tolo, meu querido Novalis – disse ela. – Venha para a cama.

Mas ele persistiu. Ela devia vencer seus escrúpulos burgueses, ele disse. A arte é superior a esses pudores, a beleza humana deve ser mostrada em toda a sua majestade e não ser escondida, desprezada.

As mãos dele, contidas pelo temor de magoá-la, puxaram delicadamente seus braços frágeis, que estavam cruzados sobre os seios.

Ela riu:

– Seu tolinho. Você está me fazendo cócegas. Está me machucando.

Mas, pouco a pouco, seu orgulho feminino, lisonjeado por aquela adoração do seu corpo, fez com que ela cedesse, permitindo ser tratada como uma criança, com leves protestos, como se estivesse sendo submetida a uma agradável tortura.

Seu corpo, livre das roupas, cintilou com o brilho de uma pérola. Maria fechou os olhos como se quisesse fugir da vergonha de sua nudez. Sobre o lençol macio, suas formas graciosas intoxicavam os olhos do pintor.

– Você é a fascinante *maja* de Goya – disse ele.

Nas semanas que se seguiram, nem ela quis posar para ele nem permitiu que Novalis usasse modelos. Aparecia inesperadamente em seu estúdio e conversava com ele enquanto pintava. Um dia em que entrou de repente, viu uma mulher nua envolta por algumas peles, de pé, na plataforma dos modelos, exibindo as curvas de suas costas de marfim.

Mais tarde, Maria fez uma cena. Novalis suplicou a ela, então, que posasse para ele. Ela capitulou. Cansada por causa do calor, adormeceu. Ele trabalhou por três horas sem parar.

Com sincero impudor, ela se admirou na tela da mesma forma como o fazia no grande espelho do quarto. Deslumbrada com a beleza do próprio corpo, por alguns momentos perdeu sua timidez. Além de tudo, Novalis pintara um rosto diferente no seu corpo, de modo que ninguém a reconheceria.

Mas, depois, Maria retornou aos velhos hábitos de pensar, recusando-se a posar. Fazia uma cena cada vez que Novalis contratava uma modelo, vigiando e ouvindo por trás das portas, assim como brigando o tempo todo.

Acabou adoecendo de tanta ansiedade e mórbidos receios que sentia e passou a ter insônia. O médico receitou-lhe pílulas que a faziam dormir profundamente.

Novalis notou que, quando ela tomava aquelas pílulas, não o ouvia se levantando, movendo-se ou mesmo deixando cair objetos no quarto. Um dia ele acordou bem cedo, com a intenção de trabalhar, e viu que ela estava dormindo tão profundamente que quase não se mexia. Uma estranha ideia lhe ocorreu.

Puxou os lençóis que a cobriam e, lentamente, foi levantando sua camisola de seda. Conseguiu erguê-la até acima dos seios sem que ela desse sinal de acordar. Por fim, todo o seu corpo estava exposto, e ele o podia contemplar pelo tempo que quisesse. Os braços dela estavam bem abertos; seus seios jaziam diante dos olhos de Novalis como uma oferenda. Ele se sentiu excitado, mas, ainda assim, não se atreveu a tocá-la. Em vez disso, trouxe papel de desenho e lápis, sentou-se ao seu lado e a retratou. Enquanto trabalhava, tinha a sensação de que estava acariciando cada uma das linhas perfeitas do seu corpo.

Foi possível prolongar aquilo por duas horas. Quando percebeu que o efeito das pílulas estava passando, cobriu-a de novo e se retirou do quarto.

Mais tarde, Maria surpreendeu-se quando notou no seu marido um novo entusiasmo pelo trabalho. Ele se trancava dias inteiros no estúdio, pintando a partir dos esboços que fazia de manhã.

Desse modo, ele completou diversos quadros dela, sempre deitada, sempre adormecida, tal como a vira no primeiro dia. Maria estranhou aquela obsessão. Achou que tudo não passava de uma mera repetição da primeira pose. Ele sempre alterava o rosto. Como sua expressão real era recatada e severa, ninguém que visse aqueles quadros poderia jamais imaginar que o corpo voluptuoso, ali retratado, fosse o dela.

Novalis não mais desejava a esposa quando ela estava acordada, com sua expressão puritana e seu olhar duro. Ele a desejava quando estava dormindo, entregue, generosa e doce.

Ele a pintava sem descanso. Quando estava sozinho com uma nova pintura no estúdio, se deitava no sofá em frente e uma onda de calor invadia todo o seu corpo, quando o olhar se detinha nos seios da *maja*, no vale de sua barriga ou no cabelo entre suas pernas. Sobrevinha uma ereção. E ele se surpreendia com o efeito violento da pintura.

Um dia ele se deteve diante de Maria, ainda adormecida. Conseguira abrir ligeiramente as pernas dela, de modo a ver a linha entre elas. Observando sua pose descontraída, as pernas levemente abertas, ele acariciou o próprio sexo na ilusão de que era Maria quem o acariciava. Quantas e quantas vezes tinha levado a mão dela ao seu pênis, tentando obter uma carícia, sem conseguir mais que uma enérgica negativa. Agora Novalis fechou a mão vigorosa em torno do próprio pênis.

Maria logo percebeu que tinha perdido o amor dele. Não sabia como recuperá-lo. Não tinha dúvidas de que Novalis amava o seu corpo apenas quando o pintava.

Foi para o campo a fim de passar uma semana com uns amigos. Mas, após alguns dias, caiu doente e retornou para consultar um médico. Quando chegou em casa, teve a impressão de que não estava mais habitada. Foi na ponta dos pés até o estúdio de Novalis. Nenhum ruído. Começou, então, a imaginar que ele estivesse fazendo amor com alguma mulher. Aproximou-se da porta. Lenta e silenciosamente, como um ladrão, ela a abriu. E eis a cena que viu: no chão do estúdio, uma pintura dela própria; em cima do quadro, esfregando-se nele, seu marido, nu, todo despenteado, como nunca o vira, o pênis ereto.

Ele se movia sobre a pintura lascivamente, beijando-a, acariciando-a entre as pernas. Deitava-se de encontro ao quadro como nunca tinha feito com ela. Parecia estar em um transe, cercado por outros retratos dela, nua, voluptuosa, linda. Lançava um olhar apaixonado às outras pinturas e continuava com seu abraço imaginário. Estava tendo uma orgia com ela, com a esposa que não chegara a conhecer verdadeiramente. Vendo aquela cena, a controlada sensualidade de Maria incendiou-se, livre pela primeira vez. Quando tirou a roupa, revelou a ele uma nova Maria, uma Maria iluminada pela paixão, abandonada ao amor como nas pinturas, oferecendo desavergonhadamente o corpo, reagindo sem hesitação a todos os seus abraços, lutando para fazer com que os retratos desaparecessem das emoções do marido, para ultrapassá-los.

O MODELO

Minha mãe tinha ideias europeias sobre garotas. Eu estava com dezesseis anos. Nunca saíra sozinha com rapazes, jamais lera qualquer coisa senão romances literários e, por escolha própria, nunca fora como as outras garotas da minha idade. Eu era o que se poderia chamar de uma pessoa que vivia dentro de uma casca, muito parecida com certas mulheres chinesas, instruída na arte de aproveitar da melhor forma possível os vestidos que uma prima rica me mandava quando não mais os desejava, sabendo cantar e dançar, escrever com elegância, lendo sempre os melhores livros, conversando inteligentemente, sendo capaz de me pentear muito bem, conservando minhas mãos alvas e delicadas, empregando apenas o inglês refinado que aprendera desde a minha chegada da França, tratando a todos com grande polidez.

Isso tudo era o que restara de minha educação europeia. Mas eu era muito parecida com as orientais em um outro sentido: longos períodos de gentileza eram seguidos por explosões de violência, tomando a forma de cenas de rebeldia ou de decisões rápidas e ação positiva.

De repente, decidi que ia trabalhar, sem consultar ou pedir a permissão de ninguém. Sabia que minha mãe seria contra o meu plano.

Poucas vezes eu tinha ido a Nova York sozinha. Agora caminhava pelas ruas, atendendo a todos os tipos de anúncios. Meus talentos não eram muito práticos. Conhecia línguas, mas não sabia bater à máquina. Sabia danças espanholas, mas não estava familiarizada com as novas danças de salão. Em todos os lugares que ia eu não inspirava confiança. Aparentava ser ainda mais jovem do que era e de ser extremamente delicada e sensível. Parecia que eu não seria capaz de dar conta de qualquer trabalho árduo que me dessem, embora isso só fosse mesmo na aparência.

Depois de uma semana, eu não tinha conseguido nada senão a convicção de não ser útil a ninguém. Fui visitar, então, uma amiga da família que gostava muito de mim. Ela desaprovava o modo como minha mãe me protegia. Ficou satisfeita por me ver, espantada com minha decisão e disposta a me ajudar. Foi quando eu estava enumerando, com bom humor, os meus recursos que, por acaso, falei a respeito do pintor que fora nos visitar recentemente e que dissera que eu tinha um rosto exótico. Minha amiga deu um pulo.

– Pronto – disse ela. – Já sei o que é que você pode fazer. Você tem mesmo um rosto pouco comum. Eu conheço um clube de arte onde os pintores vão procurar seus modelos. Vou apresentá-la lá. É uma espécie de proteção para as garotas, que assim não têm que andar de estúdio em estúdio. Os artistas são registrados no clube, onde são conhecidos, e telefonam quando precisam de um modelo.

Quando chegamos ao tal clube, encontramos muita animação e muita gente. É que estavam em pleno andamento os preparativos para o *show* anual. Todos os anos, as modelos, envergando os trajes que melhor as realçassem, desfilavam para os pintores. Rapidamente me registrei mediante o pagamento de uma pequena taxa e me mandaram subir para o andar superior, onde duas senhoras idosas me levaram à sala onde ficavam os trajes. Uma delas escolheu para mim um costume do século XVIII. A outra prendeu meu cabelo para cima. Elas me ensinaram a pintar os olhos. Foi uma pessoa nova a que vi depois nos espelhos. O ensaio estava acontecendo. Eu tinha que descer uma escada e desfilar pelo salão. Nada difícil. Algo assim como um baile à fantasia.

No dia do *show*, todas estavam bastante nervosas. Grande parte do sucesso de um modelo dependia desse desfile anual. Minha mão tremia quando pintei os olhos. Deram-me uma rosa para carregar, o que fez com que eu me sentisse um tanto ridícula. Fui recebida com aplausos. Depois que todas as garotas tinham desfilado lentamente pelo salão, os pintores conversaram conosco, anotaram nossos nomes, marcaram trabalhos. Minha agenda ficou cheia de compromissos.

Na segunda-feira, às nove horas, eu tinha que estar no estúdio de um pintor muito conhecido; à uma hora, no estúdio de um ilustrador; às quatro, ia trabalhar para um miniaturista, e assim por diante. Havia pintoras também. Não gostavam que usássemos pintura. Diziam que, quando contratavam uma modelo maquiada e depois a faziam lavar o rosto antes de posar, não parecia mais a mesma pessoa. Por esse motivo, não éramos muito atraídas pela perspectiva de posar para artistas do sexo feminino.

Quando comuniquei em casa que era uma modelo, a notícia caiu como um relâmpago. Mas já estava feito. Eu poderia ganhar vinte e cinco dólares por semana. Minha mãe chorou um pouco, mas no fundo ficou contente.

Naquela noite nós duas conversamos no escuro. O quarto de minha mãe era junto do meu, e a porta ficou aberta. Mamãe estava preocupada com o que eu sabia (ou não sabia) a respeito de sexo.

Meu conhecimento se resumia no seguinte: eu tinha sido beijada muitas vezes por Stephen, deitada na areia da praia. Ele se deitara em cima de mim, e eu tinha sentido uma coisa grande e dura me pressionando, mas não passara disso e, para minha grande surpresa, quando chegara em casa, descobrira que estava toda molhada entre as pernas. Não tinha contado isso à minha mãe. Minha impressão era de que eu era dotada de grande sensualidade, que aquela história de ficar molhada entre as pernas era um sinal de tendências perigosas para o futuro. Na verdade, eu me sentia como uma puta.

Minha mãe me perguntou:

– Você sabe o que acontece quando um homem possui uma mulher?

– Não – respondi –, mas em primeiro lugar eu queria saber *como* é que um homem possui uma mulher.

– Bem, você sabe o pequeno pênis que viu quando dava banho no seu irmão? Pois bem, aquilo fica grande e duro, e o homem o enfia dentro da mulher.

Aquilo me pareceu esquisito.

– Deve ser difícil entrar – comentei.

– Não, porque a mulher fica molhada e ele escorrega facilmente.

Agora eu entendia o mistério da noite dos beijos.

Nesse caso, pensei, jamais serei estuprada, porque para ficar molhada é preciso gostar do homem.

Poucos meses antes, tendo sido violentamente beijada no bosque por um russo enorme que estava me levando para casa após um baile, cheguei em casa e anunciei que estava grávida.

Agora, me lembrei de uma noite, quando estávamos voltando de um outro baile e ouvimos gritos de mulheres ao lado da estrada. John, meu acompanhante, parou o carro. Duas garotas correram para nós vindo dos arbustos, todas despenteadas, as roupas rasgadas, aterrorizadas. Deixamos que entrassem. Muito perturbadas, falavam sem parar, e de modo quase ininteligível, sobre terem ido dar um passeio de motocicleta e terem sido atacadas. Uma delas repetia incansavelmente:

– Se ele me tirou a virgindade, eu me matarei.

John parou em um restaurante e eu levei as duas até o toalete. Entraram juntas e, quando saíram, uma dizia:

– Não há sangue, acho que ele não conseguiu.

A outra estava chorando.

Nós as levamos para casa. Uma delas me agradeceu e disse:

– Espero que isso nunca aconteça com você.

Enquanto mamãe seguia falando, eu me perguntava se não seria aquilo que ela receava e, por isso, estava me preparando.

Quando chegou a segunda-feira eu estava nervosa, não posso negar. Achava que, se o pintor fosse atraente, eu estaria em maior perigo do que se não fosse, pois, se eu gostasse dele, poderia ficar molhada entre as pernas.

O primeiro tinha cerca de cinquenta anos, era careca, com um rosto bem europeu e um pequeno bigode. Tinha um belo estúdio.

Ele colocou um biombo na minha frente a fim de que eu pudesse trocar de roupa. Joguei o vestido em cima do biombo. Quando coloquei a última peça da roupa de baixo também sobre o biombo, a cara dele apareceu por cima de tudo, sorridente. Mas sua aparição teve um ar tão cômico e ridículo, como numa cena de comédia teatral, que eu não falei nada, me vesti e fui posar.

De meia em meia hora eu descansava. Podia fumar um cigarro. No primeiro intervalo, ele colocou um disco na vitrola e perguntou:

– Vamos dançar?

Dançamos sobre o assoalho muito brilhante, rodopiando entre quadros que representavam belas mulheres. Ao final da música, ele me beijou no pescoço.

– Tão delicada – disse ele. – Você posa nua?

– Não.

– Que pena.

Achei que aquilo não era difícil de controlar. Chegou o momento de posar de novo. As três horas passaram rapidamente. Ele falava enquanto trabalhava. Contou que tinha desposado seu primeiro modelo; que era uma mulher insuportavelmente ciumenta; que, de vez em quando, irrompia estúdio adentro e fazia cenas; que não o deixava pintar nus. Ele alugara um outro estúdio sem que ela soubesse. Trabalhava lá com frequência. Dava festas também. Eu gostaria de comparecer a uma no sábado à noite?

Ele me deu outro beijinho no pescoço quando saí e disse:

– Você não contará nada no clube a meu respeito?

Retornei ao clube para o almoço, porque poderia retocar a pintura e me refrescar e, também, porque a comida era barata. As outras garotas estavam lá. Começamos a conversar. Quando mencionei o convite para a festa de sábado, elas riram. Não pude fazer com que falassem. Uma garota tinha erguido a saia e estava examinando um sinal bem no alto da coxa, sinal esse que procurava queimar com um pequeno lápis cáustico. Pude ver que não estava usando calcinha. Não usava senão um vestido de cetim preto bem justo. De vez em quando o telefone tocava e uma das garotas era chamada e saía para trabalhar.

O seguinte foi um jovem ilustrador. Estava de camisa esporte e não se moveu quando eu entrei. Ele gritou para mim:

– Quero ver muitas costas e ombros. Enrole-se num xale ou qualquer coisa parecida.

Depois me deu uma sombrinha antiga e luvas brancas. Ajeitou o xale de forma a ficar preso quase na minha cintura. O trabalho se destinava à capa de uma revista.

A posição do xale sobre meus seios era bastante instável. Quando ergui a cabeça no ângulo que ele queria, numa espécie de gesto convidativo, o xale escorregou, e os meus seios ficaram de fora. Ele não deixou que eu me movesse.

– Quisera poder pintá-los – disse.

Ele sorria enquanto trabalhava com o lápis especial de carvão. Inclinou-se para me medir e tocou com ele a ponta dos meus seios, fazendo uma marquinha preta.

– Mantenha a pose – disse, quando me viu pronta para me afastar. Fiquei como estava.

Pouco depois, ele voltou a falar:

– Vocês, às vezes, agem como se fossem as únicas mulheres com seios ou bundas. Asseguro-lhe que vejo essas coisas em tão grande número que nem me interessam mais. Sempre vou para a cama com minha mulher toda vestida. Quanto mais roupas, melhor. Apago a luz. Sei demais como é que são as mulheres. Já desenhei milhões.

O leve contato do lápis nos meus seios endurecera os bicos. Aquilo me irritou, porque eu não tinha sentido qualquer prazer. Por que meus seios seriam tão sensíveis, a ponto de ele ter notado?

Ele prosseguiu desenhando e colorindo o retrato, até que parou para tomar um uísque, que também me ofereceu. Mergulhou o dedo no copo e tocou em um mamilo. Eu não estava posando, de forma que me afastei, furiosa. Ele continuou sorrindo para mim.

– Não é gostoso? – perguntou. – A bebida serve para aquecer.

Era verdade que os bicos estavam duros e vermelhos.

– Muito bonitos os seus mamilos. Não precisa passar batom neles, precisa? São naturalmente rosados. A maioria tem uma cor mais escura, lembrando couro.

Eu me cobri.

A sessão acabara. Ele pediu para que eu voltasse no dia seguinte, à mesma hora.

Mas, na terça-feira, mostrou-se mais lento para dar início ao trabalho. Ficou falando. Estava com os pés em cima da prancheta. Ofereceu-me um cigarro. Eu estava prendendo o xale. Ele estava me observando.

– Mostre-me suas pernas – disse. – Pode ser que eu faça um desenho de pernas na próxima vez.

Ergui a saia acima dos joelhos.

– Sente-se com a saia mais levantada.

Ele desenhou as pernas. Em silêncio.

Depois se levantou, jogou o lápis em cima da prancheta, inclinou-se sobre mim e beijou-me em cheio na boca, forçando minha cabeça para trás. Empurrei-o com violência, o que o fez sorrir. Meteu a mão rapidamente embaixo da minha saia, apalpou minhas coxas onde as meias acabavam e, antes que eu pudesse me mexer, estava de novo sentado no seu banco.

Fiz a pose e não disse nada, porque tinha acabado de descobrir uma coisa – apesar de minha raiva, apesar do fato de não estar apaixonada, o beijo e a carícia nas coxas nuas tinham me dado prazer. Embora, por hábito, eu tivesse reagido, na verdade aquilo me dera prazer.

A pose me proporcionou o tempo necessário para despertar e recordar minhas defesas. Mas eu agira de forma convincente, e ele ficou quieto o resto da manhã.

Desde o princípio eu tinha adivinhado que aquilo de que eu realmente teria de me defender era da minha própria suscetibilidade a carícias. Também estava cheia de curiosidade a respeito de inúmeras coisas. Ao mesmo tempo, tinha total convicção de que não me entregaria a ninguém senão ao homem por quem me apaixonasse.

E eu estava apaixonada por Stephen. Queria procurá-lo e dizer-lhe que me possuísse. De repente, me lembrei de um outro incidente, um ano antes, quando uma de minhas tias me levara para passar o carnaval em

Nova Orleans. Tínhamos ido no automóvel de uns amigos dela. Havia duas outras moças conosco. Um grupo de rapazes se aproveitou da confusão, pulou no nosso carro, removeu nossas máscaras e começou a nos beijar, enquanto minha tia gritava. Depois eles desapareceram no meio da multidão. Eu me senti meio tonta, desejando que o rapaz que me apertara e beijara na boca ainda estivesse ali. Fiquei meio lânguida com o beijo. E excitada.

De volta ao clube, perguntei-me o que as outras garotas sentiriam. Havia muita conversa a respeito de se defenderem e eu gostaria de saber se tudo aquilo era sincero. Uma das mais encantadoras, cujo rosto não era particularmente bonito, mas que tinha um corpo magnífico, estava dizendo:

– Eu não sei o que vocês sentem a respeito de posar nuas. Mas eu adoro. Desde pequena que gosto de tirar a roupa. Eu gostava de ver como as outras pessoas me olhavam. Costumava tirar a roupa nas festas, assim que os convidados começavam a ficar meio altos. Adorava exibir meu corpo. Hoje mal posso esperar a hora de tirar a roupa. Gosto que me olhem, me dá prazer. Sinto arrepios nas costas quando homens me olham. E quando poso para uma turma inteira na escola, quando vejo todos aqueles olhos no meu corpo, sinto tanto prazer que é como, bem, é como se estivesse fazendo amor. Acho-me bonita, creio que me sinto como as mulheres devem se sentir, às vezes, quando se despem para um amante. Gosto do meu corpo. Gosto de posar segurando os seios. Às vezes eu os acaricio. Já trabalhei no teatro burlesco e adorei. Gostava tanto de fazer aquilo quanto os homens de me ver. O cetim do vestido costumava me arrepiar. Colocar os seios de fora, me expor. Aquilo me excitava. Quando os homens me tocavam, eu não ficava tão excitada... era sempre um desapontamento. Mas sei que há outras que não são assim.

– Eu me sinto humilhada – disse uma ruiva. – Acho que meu corpo não é meu, que não tem mais qualquer valor... sendo visto por todo mundo.

– Eu não sinto coisa alguma – declarou uma outra. – É um negócio impessoal. Quando os homens estão pintando ou desenhando, não pensam mais em nós como seres humanos. Um pintor me disse que o corpo de uma modelo na plataforma é uma coisa objetiva, que o único momento em que se sentia perturbado eroticamente era quando a modelo tirava o quimono. Em Paris, me disseram, a modelo se despe na frente da classe, e isso é excitante.

– Se tudo fosse tão objetivo assim – retrucou uma outra garota –, eles não nos convidariam para festas depois das sessões de pintura.

– Nem se casariam com seus modelos – acrescentei, lembrando-me de dois artistas que já conhecera e que haviam desposado seus modelos favoritos.

Um dia eu tinha que posar para um ilustrador de contos. Quando cheguei, já encontrei duas outras pessoas, um homem e uma garota. Juntos, teríamos que compor cenas de amor para um romance. O homem tinha cerca de quarenta anos e um rosto muito maduro, muito decadente. Era ele quem sabia como devíamos nos colocar. Colocou-me em posição para um beijo. Tínhamos que conservar a pose enquanto o ilustrador nos fotografava.

Não era fácil. Eu não gostava daquele homem de jeito nenhum. A outra garota representava o papel da esposa ciumenta que aparecia de repente. Tivemos que repetir tudo muitas vezes. Cada vez que ele encenava o beijo, eu me encolhia intimamente. Ele percebia e ficava ofendido. Havia ironia no seu olhar. Representei pessimamente. O ilustrador gritava comigo como se estivéssemos trabalhando em um filme.

– Mais paixão, ponha mais paixão nesse beijo!

Tentei me lembrar de como o russo me beijara na volta do baile e isso me acalmou. O homem repetiu o beijo. E agora eu sentia que ele me segurava com mais força do que era preciso e sabia muito bem que ele não precisava enfiar a língua dentro da minha boca. Ele o fez tão depressa que não tive tempo de me mexer. O ilustrador começou outras cenas.

O modelo masculino disse:

– Há dez anos que trabalho como modelo. Não sei por que sempre querem garotas novas. Jovens não têm experiência nem expressão. Na Europa, as moças de sua idade, abaixo de vinte anos, não interessam a ninguém. São deixadas na escola ou em casa. Só se tornam interessantes depois do casamento.

Enquanto ele falava, eu pensava em Stephen. Pensava em nós na praia, deitados na areia quente. Sabia que Stephen me amava. Queria que ele me possuísse. Queria me transformar rapidamente em uma mulher. Não gostava de ser virgem, de ter sempre que me defender. Achava que todos sabiam que eu era virgem e que, por isso, insistiam mais em me conquistar.

Naquela noite, eu e Stephen íamos sair juntos. De um modo ou de outro eu tinha que lhe falar. Tinha que lhe dizer que estava correndo o risco de ser violentada, que era melhor que ele fosse o primeiro. Não, assim ele ficaria muito ansioso. Como poderia lhe falar?

Eu tinha novidades para Stephen. Eu agora era um modelo de grande projeção. Tinha mais trabalho do que qualquer outra no clube. A demanda por mim era maior porque eu era de fora e porque tinha um rosto pouco comum. Frequentemente eu tinha que posar de noite. Contei tudo isso a Stephen.

– Você gosta de posar? – perguntou ele.

– Adoro. Adoro estar com pintores, vê-los trabalhar. Boa ou má, eu gosto da atmosfera, das histórias que se ouve. É uma coisa variada, não há repetições. É realmente uma aventura.

– Eles... fazem amor com você? – quis saber Stephen.

– Não, se você não quiser que façam.

– Mas eles tentam?...

Vi que ele estava ansioso. Tínhamos saído da estação de trem e estávamos atravessando uma região muito escura, no caminho de minha casa. Virei-me para ele e ofereci-lhe a boca. Ele me beijou e eu disse:

– Stephen, possua-me, quero ser sua.

Ele ficou totalmente aturdido. Eu estava me jogando no refúgio dos seus grandes braços, queria ser possuída e acabar logo com aquilo, queria ser transformada numa mulher. Mas ele ficou absolutamente imóvel, assustado. E disse:

– Eu quero me casar com você, mas não posso fazê-lo agora.

– Eu não ligo para casamento.

Mas, então, eu me dei conta da surpresa dele, e me calei. Fiquei imensamente desapontada com sua atitude convencional. O momento passou. Ele pensou que eu tivesse cedido a um impulso de paixão, que tivesse perdido minha cabeça. Estava até orgulhoso de ter me protegido contra meus próprios impulsos. Fui para a cama e chorei.

Um ilustrador me pediu para posar num domingo, alegando ter muita pressa para concluir um pôster. Concordei. Quando cheguei, já o encontrei trabalhando. Era de manhã e o edifício parecia deserto. Seu estúdio ficava no décimo terceiro andar. Metade do pôster já estava pronto. Despi-me rapidamente e pus o vestido de noite que ele me dera para usar. Ele parecia não prestar a menor atenção em mim. Trabalhamos em paz por longo tempo. Fiquei cansada. Ele percebeu e me deu um descanso. Caminhei pelo estúdio vendo seus outros trabalhos. Na maioria, retratavam atrizes. Perguntei quem eram elas. E ele me respondeu com detalhes sobre os gostos sexuais de cada uma:

– Oh, esta aqui, por exemplo, exige romantismo. É o único modo de se aproximar dela. Torna as coisas difíceis. É europeia e gosta de um namoro complicado. No meio do caminho, eu desisti. Era muito cansativo. Ela era bonita, contudo, e há algo de maravilhoso em se conseguir levar para a cama uma mulher dessas. Tinha belos olhos e parecia estar sempre em transe, como um desses místicos hindus. Isso faz com que a gente se pergunte como seria o comportamento dela na cama. Conheci outros anjos sexuais. É maravilhoso observar a modificação que se processa nelas. Os olhos claros, através dos quais a gente pode ver corpos que tomam posições tão harmoniosas, mãos delicadas... como tudo se modifica quando o desejo as domina. Os anjos sexuais! São maravilhosos porque são surpreendentes, mudam. Você, por exemplo, com o seu ar de quem nunca foi tocada, posso vê-la mordendo e arranhando... Tenho certeza de que até mesmo a sua voz muda – já vi isso antes. Há vozes de mulheres que soam como poesia vinda de outro mundo. Pois bem, essas vozes se modificam. Os olhos mudam. Eu acredito que todas aquelas lendas a respeito de pessoas que se transformam em animais à noite – como a do lobisomem, por exemplo – foram inventadas por homens que viram mulheres idealizadas e adoradas se transformarem em animais à noite e pensaram que estivessem possuídas. Mas eu sei que é algo muito mais simples do que isso. Você é virgem, não é?

– Não, eu sou casada – menti.

– Casada ou não, você é virgem. Posso afirmar. Nunca me enganei. Se você é casada, o seu marido ainda não a transformou em uma mulher. Você não lamenta isso? Não acha que está perdendo tempo, que a vida real começa apenas com as sensações, como ser uma mulher?...

Aquilo correspondia com tanta exatidão ao que eu sentia, ao meu desejo de adquirir experiência, que permaneci em silêncio. Detestava ter que admitir uma coisa dessas a um estranho.

Eu estava consciente de estar sozinha com um ilustrador em um edifício vazio. Sentia-me triste porque Stephen não compreendera o meu desejo de me transformar em uma mulher. Minha atitude não era de receio e sim de fatalismo, desejando apenas encontrar alguém por quem eu pudesse me apaixonar.

– Eu sei o que é que você está pensando – disse ele –, mas para mim não teria qualquer significado, a menos que a mulher me quisesse. Eu jamais poderia fazer amor com uma mulher que não me desejasse. Quando vi você pela primeira vez, achei que seria maravilhoso iniciá-la. Existe algo em você que me faz pensar que terá muitos casos amorosos. Eu gostaria de ser o primeiro. Mas não, se você, por acaso, não o desejar.

Eu sorri.

– Era exatamente isso o que eu estava pensando. Só poderá ser se eu quiser, mas eu não quero.

– Você não deve dar muita importância à primeira vez. Acho que toda essa importância foi criada pelas pessoas que queriam preservar as filhas para o casamento, junto com a ideia de que o primeiro homem que possui uma mulher terá completo poder sobre ela. Acho que é uma superstição. Foi criada para preservar as mulheres da promiscuidade. Trata-se de uma falsidade completa. Se um homem puder se fazer amado, conseguir excitar uma mulher, ela será atraída por ele. Mas o mero ato de desvirginá-la não é suficiente para conseguir isso. Qualquer homem é capaz de deflorar uma mulher sem sequer excitá-la. Você sabia que muitos espanhóis possuem suas mulheres e lhes dão muitos filhos sem iniciá-las sexualmente por completo, só para se certificarem de sua fidelidade? O espanhol acredita em deixar o prazer só para as amantes. Na verdade, chega ao ponto de, ao ver uma mulher que desfruta de sua sensualidade, suspeitar imediatamente de sua fidelidade, ou até mesmo de ser uma puta.

As palavras do ilustrador me perseguiram durante muitos dias. Até que me vi em face de um novo problema. O verão tinha chegado e os artistas estavam partindo para o interior, para a praia, para locais distantes em todas as direções. Eu não tinha dinheiro para segui-los e não estava certa do volume de trabalho que poderia arranjar. Um dia, de manhã, posei para um ilustrador chamado Ronald. Depois da sessão ele pôs um disco na vitrola e me pediu para dançar. Enquanto dançávamos, ele disse:

– Por que você não vai passar uns tempos no interior? Vai lhe fazer bem, você terá muito trabalho e eu pagarei sua viagem. Não são muitos os bons modelos disponíveis lá. Tenho certeza de que você se conservará ocupada.

E assim lá fui eu. Aluguei um quarto pequeno em uma casa de fazenda. Depois fui procurar Ronald, que morava um pouco mais abaixo, na mesma estrada, em uma casa bem rústica na qual construíra uma enorme janela. A primeira coisa que ele fez foi soprar fumaça do seu cigarro dentro da minha boca. Eu tossi.

– Oh – disse ele. – Você não sabe tragar.

– Nem estou interessada – retruquei, me levantando. – Que tipo de pose você quer?

– Calma – disse ele, rindo. – Não se trabalha tão duro por aqui. Você terá que aprender a se distrair um pouco. Agora, puxe a fumaça da minha boca e trague-a.

– Não gosto de tragar.

Ele riu de novo. Tentou me beijar. Eu me afastei.

– Oh, oh, você não vai ser uma companhia muito agradável. Paguei sua passagem, você sabe, e me sinto muito só aqui. Esperava que você fosse uma companhia muito agradável. Onde está sua mala?

– Aluguei um quarto aqui perto.

– Mas você foi convidada a ficar comigo.

– Eu entendi que você queria que eu posasse.

– No momento, não é de um modelo que eu preciso.

Preparei-me para ir embora. Ele disse:

– Escute, existe um acordo por aqui a respeito de modelos que não sabem se divertir. Se você tomar essa atitude, ninguém mais lhe dará trabalho.

Não acreditei nele. Na manhã seguinte, comecei a bater nas casas de todos os artistas que pude encontrar. Mas Ronald já lhes tinha feito uma visita. Assim, fui recebida sem cordialidade, como uma pessoa que tivesse passado outra para trás. Não tinha dinheiro para voltar para casa, nem para pagar o aluguel do quarto. Não conhecia ninguém. A região era bonita, montanhosa, mas eu não podia aproveitá-la.

No dia seguinte, fui dar uma longa caminhada e encontrei uma cabana de troncos de madeira ao lado de um rio. Havia um homem pintando, do lado de fora. Contei-lhe minha história. Ele não conhecia Ronald, mas ficou furioso. Disse que tentaria me ajudar. Expliquei que só queria ganhar o suficiente para poder voltar para Nova York.

Assim, comecei a posar para ele. Seu nome era Reynolds. Era um homem com cerca de trinta anos, cabelos muito pretos, olhos também pretos, mas suaves, e um sorriso cintilante. Recluso, nunca ia à aldeia, exceto para comprar comida, nem frequentava bares ou restaurantes. Seu caminhar era descansado, seus gestos, graciosos. Tinha viajado muito, trabalhando como marinheiro em vapores baratos, a fim de conhecer países estranhos. Estava sempre inquieto.

Pintava de memória aquilo que tinha visto em suas viagens. Sentava-se ao pé de uma árvore e, sem levantar os olhos, pintava um trecho selvagem da floresta sul-americana.

Uma vez, quando estava com uns amigos dentro da floresta, contou-me Reynolds, haviam sentido um cheiro de animal tão forte que pensaram que, a qualquer momento, se defrontariam com uma pantera, mas o que surgiu do meio das árvores, com incrível velocidade, foi uma mulher, uma mulher selvagem inteiramente nua, que fitou-os com olhos aterrorizados de uma fera acuada, saiu correndo, deixando atrás de si aquele forte cheiro, atirou-se num rio e desapareceu nadando, antes que todos pudessem recuperar o fôlego.

Um amigo de Reynolds tinha capturado uma mulher daquelas. Depois de lavar a tinta vermelha que cobria o seu corpo, viu que era muito bonita. Mostrou-se gentil quando bem tratada e sucumbiu a presentes de contas e ornamentos.

Seu cheiro forte manteve Reynolds a distância até que o amigo o convidou para passar uma noite com ela.

Reynolds descobriu que seu cabelo negro era duro e áspero como uma barba. O cheiro de animal fez com que sentisse estar dormindo com uma pantera. E ela era muito mais forte que ele, de modo que, após algum tempo, ele estava agindo quase como uma mulher, vendo-se forçado a ceder a todas suas fantasias. Ela era infatigável e lenta para se excitar. Deixava-se acariciar até que ele ficava exausto e adormecia em seus braços.

Em dado instante, ele a encontrou trepada por cima do seu corpo, a despejar um líquido no seu pênis, uma coisa qualquer que a princípio ardeu muito e depois o excitou furiosamente. Reynolds ficou assustado. Parecia que havia um incêndio dentro de seu pênis, ou pimenta-malagueta. Esfregou-se de encontro à pele dela, mais para aplacar o ardor do que por desejo.

Ficou furioso. Ela ria baixinho. Ele começou a possuí-la com raiva, levado pelo medo de que o que ela tinha feito o estivesse excitando pela última vez, que aquilo fosse um encantamento para conseguir o máximo de desejo da parte dele, até que morresse.

Ela se deitou rindo, os dentes muito brancos à mostra, seu cheiro animal agora o afetando eroticamente, como almíscar. Ela se movia com tal vigor que ele teve a impressão de que fosse arrancar-lhe o pênis. Mas, agora, queria subjugá-la. Prosseguiu, acariciando-a ao mesmo tempo.

Ela ficou espantada. Ninguém jamais deveria tê-la acariciado antes. Quando ele se cansou de possuí-la, após dois orgasmos, continuou a esfregar seu clitóris, e ela gostou, abriu mais as pernas, pediu mais. De repente, ela se virou, encolheu-se na cama e ergueu a bunda para o alto num ângulo incrível. Esperava que ele a possuísse de novo, mas Reynolds continuou a acariciá-la. Depois daquilo era sempre a mão dele que ela procurava. Esfregava-se em sua mão como um gato. Durante o dia, se ela o encontrava, esfregava o sexo na sua mão, sub-repticiamente.

Reynolds disse que aquela noite fizera as mulheres brancas lhe parecerem fracas. Estava rindo quando contou a história.

Seu quadro o lembrara da mulher selvagem escondida entre as árvores, esperando como uma tigresa para pular e fugir dos homens que carregavam armas. Ele a pintara, com seus seios pesados e pontudos, as pernas finas e compridas, a cintura esbelta.

Eu não sabia como poderia posar para Reynolds. Mas ele estava pensando em outro quadro, e me disse:

– Vai ser fácil. Quero que você durma. Estará embrulhada em cobertas brancas. Vi uma cena em Marrocos que sempre desejei pintar. Uma mulher adormecida entre rolos de fio de seda, segurando o tear com os pés. Você tem belos olhos, mas terá que fechá-los.

Ele foi até a cabana e trouxe umas cobertas, que ajeitou à minha volta como um manto. Encostou-me numa caixa de madeira, ajeitou minhas mãos e meu corpo do jeito que queria e começou, imediatamente, a trabalhar. O dia estava muito quente. As cobertas aumentavam o calor, e a pose era tão preguiçosa que acabei dormindo. Aí, então, senti uma mão muito delicada entre as pernas, me acariciando tão de leve que tive de acordar para ter certeza de que estava mesmo sendo tocada. Reynolds estava inclinado sobre mim, mas com uma expressão tão feliz e carinhosa no rosto que não me mexi. Havia ternura nos seus olhos, sua boca estava entreaberta.

– Só uma carícia – disse ele –, apenas uma carícia.

Não me mexi. Nunca tinha sentido nada como aquela mão macia, acariciando de leve a pele entre minhas pernas, mas sem tocar em meu sexo. Ele apenas encostara os dedos nos meus pelos púbicos. Depois, sua mão escorregou para o pequeno vale em torno do sexo. Eu estava cada vez mais relaxada e lânguida. Ele se inclinou mais um pouco e encostou a boca na minha, tocando de leve meus lábios, até que minha boca respondeu e, só então, foi que ele tocou a ponta da minha língua com a dele. Sua mão continuava se movendo, explorando, mas tão vagarosa e lentamente que era uma tortura. Eu estava molhada e sabia que, se ele continuasse mais um pouco, iria descobrir. O langor agora invadira todo o meu corpo. Toda vez que sua língua encostava na minha, eu sentia como se houvesse uma outra pequena língua dentro de mim querendo sair, querendo ser tocada também. A mão de Reynolds só se movia em torno do meu sexo e, depois, na minha bunda, e era como se ele tivesse magnetizado meu sangue para seguir os movimentos de suas mãos. Seu dedo tocou o clitóris gentilmente e escorregou por entre os lábios da vulva. Ele sentiu que estava molhada. Ficou deliciado, beijando-me, deitando-se por cima de mim. Eu não me mexi. O calor, o cheiro das plantas, sua boca na minha, tudo me afetava como uma droga.

– Apenas uma carícia – repetia ele gentilmente, o dedo se movendo em torno do meu clitóris, até que ele inchou e ficou mais duro. Aí então senti como se uma semente tivesse desabrochado dentro de mim, uma exaltação tão grande que me fez palpitar. Beijei-o, grata. Ele estava sorrindo e perguntou.

– Você quer me acariciar?

Balancei a cabeça afirmativamente, mas não sabia o que ele queria de mim. Aí, Reynolds desabotoou as calças e eu vi seu pênis. Peguei-o. Ele disse:

– Aperte com mais força.

Viu, então, que eu não sabia como. Pegou minha mão na sua e me guiou. O jato de espuma branca caiu em cima dos meus dedos. Ele se compôs e me beijou agradecido, tal como eu o beijara depois do meu prazer.

– Você sabia que os hindus só possuem as mulheres dez dias depois do casamento? Durante dez dias eles se limitam a carícias e beijos.

A lembrança do comportamento de Ronald o endureceu de novo – o modo como ele me prejudicara aos olhos de todos. Eu disse:

– Não fique zangado. Estou até contente com o que ele fez, porque assim eu vim até aqui e conheci você.

– Eu a amei assim que a ouvi falar, com seu sotaque que me fez sentir como se estivesse viajando de novo. Seu rosto é tão diferente, seu modo de caminhar, seu jeito. Você me lembra a garota que eu quis pintar em Fez. Eu a vi apenas uma vez, sorrindo. Sempre sonhei em despertá-la como despertei você.

– E eu sempre sonhei em ser despertada com uma carícia como essa.

– Se você estivesse acordada eu não teria me atrevido.

– Você, o aventureiro, o homem que viveu com uma mulher selvagem?

– Não vivi realmente com nenhuma mulher selvagem. Aquilo aconteceu com um amigo meu. Ele vivia falando a esse respeito, e eu sempre conto como se tivesse acontecido comigo. Na verdade, sou tímido com mulheres. Posso me embebedar e brilhar com homens, mas as mulheres me intimidam, inclusive as putas. Elas riem de mim. Mas isto aconteceu exatamente como sempre eu planejei que haveria de acontecer.

– Só que no décimo dia eu estarei em Nova York – disse eu, sorrindo.

– No décimo dia eu a levarei de volta no meu carro, se você tiver que voltar. Mas até lá será minha prisioneira.

Durante dez dias trabalhamos ao ar livre. O sol aquecia meu corpo, enquanto Reynolds esperava que eu fechasse os olhos. Às vezes, eu me convencia de que desejava que ele fizesse mais coisas comigo. Pensava que se fechasse os olhos ele me possuiria. Gostava do modo como se aproximava como um caçador, sem fazer nenhum ruído, e se deitava ao meu lado. Às vezes, erguia primeiro meu vestido e ficava me olhando por longo tempo. Depois, me tocava devagar, como se não quisesse me despertar, até que eu ficava molhada. Aí, seus dedos passavam a se mover mais depressa. Ficávamos com as bocas coladas, as línguas se acariciando. Aprendi a pôr o pênis dele em minha boca, o que o excitava terrivelmente. Ele perdia toda a delicadeza, empurrava o pênis e eu ficava com medo de me engasgar. Uma vez eu o mordi, o machuquei, mas ele não se incomodou. Engoli a espuma branca. Quando ele me beijou, nossos rostos ficaram cobertos com ela. O cheiro maravilhoso de sexo impregnou meus dedos. Eu não quis lavar as mãos.

Eu achava que compartilhávamos de uma espécie de corrente magnética, mas, ao mesmo tempo, não havia mais nada que nos unisse. Reynolds prometera me levar de volta para Nova York. Ele não podia ficar fora muito tempo. E eu tinha que achar trabalho.

Durante a viagem, Reynolds parou o automóvel e nós nos deitamos em um cobertor, no meio de árvores, descansando. Acariciamo-nos. Ele perguntou:

– Você está feliz?

– Estou.

– Pode continuar feliz, deste modo como nós estamos?

– Por que, Reynolds? O que é que há?

– Escute, eu amo você. Você sabe disso. Mas eu não posso fazer amor com você. Fiz isso com uma garota uma vez, ela ficou grávida e fez um aborto. Sangrou até morrer. Nunca mais fui capaz de possuir uma mulher. Tenho medo. Se uma coisa dessas lhe acontecesse, eu me mataria.

Eu nunca tinha pensado nessas coisas. Fiquei em silêncio. Beijamo-nos por longo tempo. Pela primeira vez ele me beijou entre as pernas em vez de me acariciar, e me beijou até que tive um orgasmo. Sentíamo-nos felizes. Ele disse:

– Essa feridinha que as mulheres têm... me assusta.

Em Nova York estava quente, e todos os artistas ainda estavam fora. Não consegui trabalho por causa disso. Voltei-me para a atividade de modelo em lojas de roupas. Era fácil conseguir trabalho, mas quando me pediam para sair de noite com os compradores e eu me negava, perdia o emprego. Por fim fui parar numa loja enorme perto da rua Trinta e Quatro, onde empregavam seis modelos. Era um lugar cinzento, assustador. Havia longas fileiras de roupas e uns poucos bancos para nos sentarmos. Esperávamos só com a roupa de baixo, para facilitar as trocas rápidas. Quando os nossos números eram chamados, nos ajudávamos mutuamente a vestir o novo modelo.

Os três vendedores tentavam frequentemente nos apalpar, mexer conosco. Saíamos por turnos na hora do almoço. E meu maior medo era ser deixada sozinha com o mais persistente dos três.

Uma vez, quando Stephen telefonou para perguntar se poderia me ver de noite, o tal homem se colocou atrás de mim e enfiou a mão por baixo da minha combinação para pegar nos meus seios. Sem saber o que mais pretendia fazer, dei um pontapé na canela dele enquanto segurava o telefone e tentava continuar falando com Stephen. Ele não se desencorajou. Logo em seguida tentou apalpar meu traseiro. Dei outro pontapé.

Stephen estava dizendo:

– O que é que você está falando?

Terminei a conversa e me virei para o homem. Ele tinha ido embora.

Os compradores admiravam as nossas qualidades físicas tanto quanto os vestidos. O vendedor-chefe tinha muito orgulho de mim e vivia dizendo, com a mão no meu cabelo, que eu posava para pintores.

Aquilo me fez ansiar pela hora em que voltaria a posar para artistas. Não queria que Reynolds ou Stephen me encontrassem em um prédio de escritórios horrendo, desfilando vestidos para caixeiros e compradores detestáveis.

Finalmente fui chamada para trabalhar no estúdio de um pintor sul-americano. Ele tinha um rosto de mulher, pálido, com grandes olhos negros, cabelo comprido e também negro, e seus gestos eram lânguidos e sem vida. Seu estúdio era lindo – tapetes luxuosos, grandes quadros de nus femininos, adornos de seda e incenso sendo queimado. Ele me disse que a pose seria bastante difícil. Ele estava pintando um enorme cavalo fugindo com uma mulher nua. Perguntou-me se eu já tinha andado a cavalo. Disse que sim, quando mais moça.

– Ótimo – disse ele –, exatamente o que quero. Olhe, tenho aqui um boneco que mandei fazer e que me proporciona o efeito de que preciso.

Era um cavalo de pau, sem cabeça, só o corpo e as pernas, e com uma sela.

Ele disse:

– Primeiro tire a roupa, depois eu lhe mostrarei. Tenho dificuldade com essa parte da pose. A mulher está jogando o corpo para trás porque o cavalo galopa loucamente. Assim.

Ele sentou-se no cavalo de pau para me mostrar como era.

Eu já não me sentia mais tímida para posar nua. Tirei a roupa e me sentei no cavalo, jogando o corpo para trás, deixando os braços soltos e apertando os flancos do cavalo com as pernas como se lutasse para não cair. O pintor aprovou. Afastou-se e olhou para mim.

– A pose é difícil e não espero que você a conserve por muito tempo. Basta que me diga assim que se cansar.

Ele me estudou de todos os ângulos. Até que se aproximou e disse:

– Quando fiz os primeiros esboços, essa parte do corpo aparecia claramente, aqui, entre as pernas.

Ele me tocou de leve como se aquilo fosse parte do trabalho. Encolhi um pouco mais o estômago para projetar os quadris para a frente e ele gostou.

– Está ótimo. Fique assim.

Ele começou a trabalhar. Ali sentada, logo percebi que havia um detalhe pouco comum na sela. A maioria das selas, é claro, tem uma forma que segue o contorno do traseiro e sobe na frente, onde, com facilidade, pode esfregar o sexo de uma mulher. Eu tinha experimentado por diversas vezes tanto as vantagens quanto as desvantagens me apoiar naquela parte da sela. Uma vez, minha cinta-liga se soltou das meias e começou a dançar por baixo do culote. Minhas companheiras estavam galopando e eu não quis ficar para trás, de modo que continuei assim mesmo. A cinta, pulando em todas as direções, por fim caiu entre meu sexo e a sela, me machucando. Aguentei firme, cerrando os dentes. A dor era estranhamente misturada com uma sensação que eu não era capaz de definir. Eu era uma garota e não sabia coisa alguma a respeito de sexo. Pensava que o sexo da mulher estivesse só dentro dela e nunca tinha ouvido falar de clitóris.

Quando paramos, eu sentia muita dor. Contei o que tinha acontecido a uma garota que eu conhecia muito bem e entramos juntas no banheiro. Ela me ajudou a tirar o culote e a cinta-liga e perguntou:

– Você está machucada? Esse lugar é muito sensível. É possível que nunca mais você sinta qualquer prazer aí se estiver machucada.

Deixei que me examinasse. Estava vermelho e um pouco inchado, mas não doía demais. O que me aborreceu foi a possibilidade de eu me ver privada de um prazer que ainda não conhecia. Ela insistiu em me passar um algodão molhado, me acariciou e finalmente me beijou, "para sarar".

Fiquei agudamente consciente daquela parte do corpo. Em particular quando cavalgamos mais um longo trecho, naquele dia tão quente. Eu sentia tamanho calor e excitação entre as pernas que tudo o que desejava era saltar do cavalo e deixar que minha amiga cuidasse de mim outra vez. Ela estava sempre me perguntando:

– Está doendo?

Acabei por responder:

– Só um pouco.

Desmontamos e fomos para o banheiro, onde ela de novo banhou o ponto machucado com um algodão molhado em água fria.

Mais uma vez ela me acariciou, dizendo:

– Mas não parece mais ferido. Talvez você venha a ser capaz de ter prazer de novo.

– Não sei – respondi. – Você acha que ficou... insensível por causa da dor?

Minha amiga se debruçou sobre mim ternamente e me tocou.

– Está doendo?

Deitei-me de costas e respondi:

– Não, não estou sentindo nada.

– Não sente isso? – perguntou ela, preocupada, apertando os lábios com os seus dedos.

– Não – respondi, observando-a.

– Não sente isso? – ela passou os dedos no clitóris, fazendo pequenos círculos.

– Eu não sinto nada.

Ela ficou ansiosa para ver se eu tinha perdido a sensibilidade e intensificou suas carícias, esfregando o clitóris com uma das mãos enquanto com a outra fazia vibrar a cabeça dele. Acariciou também meus pelos púbicos e a pele sensível à sua volta. Por fim eu a senti, loucamente, e comecei a me mover. Ela ofegava em cima de mim, observando-me e dizendo:

– Que bom, que bom que você pode sentir aí...

Eu estava me lembrando daquilo, ali sentada no cavalo de pau, e notei que o santo-antônio era bem acentuado. Para que o pintor pudesse ver o que queria pintar, escorreguei um pouco para a frente e, nessa hora, meu sexo se atritou de encontro à saliência do couro. O pintor estava me observando.

– Gosta do meu cavalo? – perguntou ele. – Sabe que eu posso fazer com que se mova?

– É mesmo?

Ele se aproximou e colocou o boneco em movimento. Na verdade, era construído de modo a se mexer exatamente como um cavalo.

– Eu gosto disso – falei. – Faz com que me lembre dos tempos em que era uma garota e andava a cavalo.

Notei que ele parara de pintar para me observar. O movimento do cavalo empurrava meu sexo com mais força sobre a saliência de couro e me dava grande prazer. Achei que ele ia notar isso e disse para que parasse. Mas ele sorriu e não me obedeceu.

– Você não está gostando? – perguntou.

Na verdade, eu estava gostando mesmo. Cada movimento trazia o couro de encontro ao meu clitóris, e eu senti que não poderia conter um orgasmo se continuasse com aquilo. Supliquei para que parasse. Meu rosto estava afogueado.

O pintor me observava detidamente, atento a cada expressão de um prazer que eu não podia controlar e que aumentava tanto que me abandonei ao movimento do cavalo, deixando-me esfregar no couro, até que gozei, bem na frente dele.

Só então é que vi que ele esperava por aquilo, que tinha feito tudo para me ver gozando. Sabia quando parar a máquina.

– Agora você pode ir descansar – disse ele.

Pouco tempo depois eu fui trabalhar para uma ilustradora chamada Lena, a quem eu conhecera em uma festa. Ela gostava de companhia. Atores, atrizes e escritores iam visitá-la. Pintava capas de revistas. A porta estava sempre aberta. As pessoas traziam bebidas. A conversa era ácida, cruel. A impressão que eu tinha era de que todos os seus amigos eram caricaturistas. As fraquezas de todo mundo eram imediatamente expostas. Ou até mesmo as próprias fraquezas. Um bonito rapaz, vestido com grande elegância, não fazia segredo de sua profissão. Frequentava os grandes hotéis, se aproximava de mulheres idosas e solitárias e as convidava para dançar. Com muita frequência, elas o convidavam para ir aos seus quartos.

Lena fez uma careta amarga.

– Como é que você consegue fazer isso? – perguntou a ele. – Como é possível você conseguir uma ereção com mulheres tão velhas? Se eu visse uma delas na minha cama, fugiria correndo.

O rapaz sorriu.

– Há muitas maneiras de se conseguir isso. Uma delas é fechar os olhos e imaginar que não se trata de uma velha e sim de uma mulher de quem se gosta e, depois, com os olhos ainda fechados, começar a pensar como será agradável poder pagar o aluguel no dia seguinte ou comprar um terno novo e camisas de seda. Enquanto faço isso, continuo acariciando o sexo dela sem olhar, e, você sabe, se a gente não vê, é tudo mais ou menos a mesma coisa. Às vezes, contudo, quando tenho dificuldade, eu tomo drogas. É claro que sei que na média atual minha carreira vai durar cerca de cinco anos, após os quais não serei útil nem mesmo a uma mulher jovem. Mas até então, ficarei contente em nunca mais ver uma mulher.

"Certamente que invejo um amigo argentino, meu companheiro de quarto. É um tipo elegante, aristocrático, absolutamente impotente. As mulheres o adorariam. Quando saio do apartamento, você sabe o que ele faz? Pula da cama, pega um pequeno ferro elétrico e uma tábua de passar roupa, apanha suas calças e se põe a passá-las. Enquanto as passa, põe-se a imaginar como sairá do prédio impecavelmente vestido e depois descerá a Quinta

Avenida, verá uma bela mulher, seguirá o odor do seu perfume por muitos quarteirões, entrará atrás dela em elevadores superlotados, quase tocando nela. A mulher estará usando um véu e uma pele ao redor do pescoço. Seu vestido destacará um belo corpo.

"Após segui-la assim pelas lojas, ele finalmente falará com ela. A mulher verá o belo rosto dele sorrindo e o seu jeito de perfeito cavalheiro. Sairão juntos e tomarão chá em algum lugar, depois do que irão para o hotel onde ela está hospedada. Ela o convidará para subir. Chegando no quarto, fecharão as cortinas e ficarão no escuro, fazendo amor.

"Enquanto passa as calças, meticulosamente, meu amigo imagina como fará amor com a tal mulher – e isso o excita. Ele sabe como vai possuí-la. Gosta de meter o pênis por trás e erguer as pernas da mulher, fazendo-a, então, virar um pouquinho para que ele possa observar o movimento do pênis entrando e saindo. Gosta que a mulher aperte a base do pênis ao mesmo tempo; os dedos dela têm mais força que a boca do seu sexo, e isso o excita. Ela também vai acariciar suas bolas, da mesma forma que ele o seu clitóris, já que isso lhe duplicará o prazer. Fará com que ela fique sem ar e trema da cabeça aos pés, implorando por mais.

"Quando já imaginou tudo isso, de pé, meio nu, passando as calças, meu amigo tem uma ereção. É tudo que ele quer. Guarda as calças, o ferro e a tábua, se mete na cama de novo, deitado de costas e fumando, rememorando a cena até que cada detalhe esteja perfeito e apareça uma gota de sêmen na cabeça do seu pênis, que ele acaricia enquanto está ali deitado e sonhando em perseguir outras mulheres.

"Eu o invejo porque consegue ficar tão excitado só de pensar nessas coisas. Ele me faz perguntas. Quer saber como são as minhas mulheres, como se comportam..."

Lena riu e disse:

– Está quente. Vou tirar o corpete.

Foi até o seu quarto e, quando voltou, seu corpo parecia livre e relaxado. Sentou-se, cruzou as pernas nuas. Sua blusa estava semiaberta. Um de seus amigos sentou-se onde poderia vê-la melhor.

Outro, um homem bonito, ficou perto de mim, enquanto eu posava, e sussurrou elogios. Ele disse:

– Gosto de você porque me faz lembrar da Europa, especialmente Paris. Não sei exatamente definir o que há com Paris, mas existe uma sensualidade na atmosfera da cidade. Contagiosa. E é uma cidade tão humana. Não sei se é porque os casais estão sempre se beijando nas ruas, nas mesas dos cafés, nos cinemas, nos parques. Abraçam-se com tanta liberdade. Param para trocar beijos longos e completos nas calçadas, nas entradas do metrô. Talvez seja isso, ou pode ser a suavidade do ar. No escuro, em cada porta de edifício há um homem e uma mulher quase confundidos em um só corpo. As prostitutas observam a gente o tempo todo... tocam na gente.

"Um dia eu estava num ônibus, observando as casas distraidamente. Vi uma janela aberta e um homem e uma mulher deitados em uma cama. A mulher estava sentada em cima do homem.

"Às cinco da tarde, a coisa se torna insuportável. Há amor e desejo no ar. Todo mundo está na rua. Os cafés estão cheios. Nos cinemas, há pequenos camarotes tão escuros e protegidos por cortinas que se pode fazer amor ali dentro, deitado no chão, sem que ninguém veja. Tudo aberto, tudo tão fácil. A polícia não interfere. Uma mulher, minha amiga, que foi seguida e molestada por um homem, queixou-se ao guarda da esquina. O guarda riu e lhe disse:

"– Você vai se aborrecer mais no dia em que nenhum homem quiser mais molestá-la, não é mesmo? Afinal de contas, devia estar satisfeita e agradecida em vez de furiosa. – E não a ajudou."

Depois meu admirador prosseguiu, em tom mais baixo:

– Quer jantar comigo e depois ir ao teatro?

Ele se tornou o meu primeiro amante de verdade. Esqueci Reynolds e Stephen. Eles agora me pareciam crianças.

A RAINHA

O pintor sentou-se ao lado do seu modelo, misturando as tintas enquanto falava a respeito das prostitutas que o tinham excitado. Sua camisa estava aberta, mostrando um pescoço forte e um tufo de cabelos escuros; o cinto estava solto, para seu maior conforto; faltava um botão das calças, e as mangas tinham sido enroladas para lhe dar maior liberdade.

Ele estava dizendo:

– Eu gosto das prostitutas acima de tudo porque acho que elas jamais se apegarão a mim. Faz com que eu me sinta livre. Não tenho que amá-las. A única mulher que já me deu o mesmo prazer que uma prostituta foi uma que era incapaz de se apaixonar, que se entregava como uma puta, que desprezava os homens a quem se dava. Ela tinha sido prostituta e era mais fria que uma estátua. Os pintores a descobriram e a usavam como modelo. Era um modelo magnífico. A própria essência de uma prostituta. Nessas mulheres, o útero frio, constantemente submetido ao desejo, produz um fenômeno. Todo o erotismo sobe à superfície. Viver constantemente com um pênis dentro de si faz algo na mulher que é fascinante. O útero parece exposto, se faz presente em cada um dos seus aspectos.

"De um jeito ou de outro, até mesmo o cabelo de uma prostituta parece impregnado de sexo. E o cabelo dessa mulher... Era o cabelo mais sensual que já vi. Medusa deve ter tido um cabelo como o dela e com ele seduzia os homens que caíam sob o seu encanto. Era cheio de vida, pesado e acre como se tivesse sido banhado em esperma. Para mim era como se tivesse sido enrolado num pênis e ensopado por secreções. O tipo do cabelo que eu gostaria de enrolar no meu próprio sexo. Cálido, almiscarado, oleoso, forte. O cabelo de um animal. Ele se eriçava quando era tocado. Bastava que eu passasse os dedos no cabelo dela para ter uma ereção. E ficaria contente só com isso.

"Mas não era só o seu cabelo. Sua pele também era erótica. Ficava deitada durante horas, deixando que eu a acariciasse, como um animal, absolutamente inerte, lânguida... A transparência de sua pele deixava que se visse a trama azul-turquesa das pequenas veias que interligavam seu corpo, e eu sentia como se estivesse tocando não apenas em cetim, mas também em veias vivas, tão cheias de vida que, quando eu encostava a mão em sua pele, podia sentir o movimento do sangue por baixo. Eu gostava de deitar sobre suas nádegas e acariciá-la, sentir a contração dos seus músculos, a única coisa que denotava uma reação da parte dela.

"Sua pele era seca como a areia do deserto. Assim que nos deitávamos, era fria, mas depois ficava quente, febril. Seus olhos – impossível descrevê-los, exceto se eu disser que eram os olhos de um orgasmo. O que constantemente acontecia em seus olhos era algo tão febril, tão incendiário, tão intenso que, às vezes, quando eu a encarava diretamente, sentia meu pênis levantando, latejante. Parecia que também em seus olhos havia qualquer coisa latejando. Ela podia transmitir com os olhos uma reação absolutamente erótica, como se ondas febris tremulassem dentro deles, lagos de loucura... um negócio devorador, que podia consumir um homem como uma chama, aniquilá-lo com um prazer nunca antes sentido.

"Ela era a rainha das putas. Bijou. Sim, Bijou. Há alguns anos atrás ainda podia ser vista sentada em algum pequeno café de Montmartre, como uma princesa oriental, pálida, os olhos ardentes. Ela era como um útero tornado visível. Sua boca, não uma boca que faça com que se pense em um beijo, ou em comida; não uma boca com quem falar, para formar palavras, para cumprimentar – não, era como a boca do próprio sexo de uma mulher, com a sua forma, seu jeito de se mover, de arrastar você lá para dentro, de excitá-lo – sempre úmida, vermelha e cheia de vida como os lábios de um sexo acariciado... Cada movimento de sua boca tinha o poder de despertar o mesmo movimento no sexo de um homem, a mesma ondulação, como numa transmissão contagiosa, direta, imediata. Quando ondulava, como que a ponto de me engolfar em seus lábios, fazia ondular também meu pênis, meu sangue. Ficando úmida, provocava minha secreção erótica.

"Fosse como fosse, todo o corpo de Bijou era guiado apenas pelo erotismo, por um gênio que expunha todas as expressões do desejo. Posso lhe dizer que era indecente. Era como fazer amor com ela em público, em um café, na rua, diante de todo mundo.

"Dormia totalmente nua. Tudo às claras, para se ver. Na verdade, era a rainha das prostitutas, representando o ato da posse em cada instante de sua vida, até mesmo quando comia. Quando jogava cartas, não ficava sentada, impassível, o corpo privado de sensualidade, como as mulheres costumam se sentar, com a atenção no jogo. Era possível sentir, pela posição do seu corpo, pelo jeito como sua bunda se espalhava na cadeira, que estava pronta para a posse. Os seios quase tocavam na mesa. Se Bijou ria, era como a risada sexual de uma mulher satisfeita, o riso de um corpo desfrutando a si próprio através de cada poro, de cada célula, sendo acariciado pelo mundo inteiro.

"Na rua, caminhando atrás de Bijou sem que ela soubesse, vi até meninos seguindo-a. Antes de verem seu rosto, os homens a seguiam. Era como se deixasse o rastro de um animal atrás de si! É estranho o que pode fazer a um homem a visão de um animal verdadeiramente sexual na sua frente. A natureza animal da mulher tem sido cuidadosamente disfarçada – lábios, bunda e pernas são transformados, como uma plumagem colorida, em coisas que servem para distrair o homem do seu desejo e não para acentuá-lo.

"As mulheres que são totalmente sexuais, com o reflexo do útero em seus rostos, que despertam no homem o desejo de penetrá-las imediatamente; as mulheres cujas roupas são apenas um recurso para tornar mais proeminentes certos pedaços do seu corpo, como as mulheres que usavam anquinhas para exagerar o traseiro, ou as que usavam corpetes para lançar os seios para fora das roupas; as mulheres que atiram o seu sexo em cima de nós, a partir do cabelo, olhos, nariz, boca, o corpo todo – são essas as mulheres a quem amo.

"As outras... nós temos que procurar o animal que existe nelas. Diluíram-no, disfarçaram-no, perfumaram-no, de modo a que acabassem cheirando como outra coisa – como quê? Como anjos?

"Deixe que eu lhe conte o que me aconteceu uma vez com Bijou. Bijou era naturalmente infiel. Ela me pediu para pintá-la para um baile dos artistas. Naquele ano, pintores e modelos deveriam ir vestidos como selvagens africanos. Então Bijou me pediu para pintá-la artisticamente, e com esse propósito apareceu no meu estúdio algumas horas antes do baile.

"Pus-me a pintar o seu corpo com desenhos africanos inventados por mim. Ela ficou completamente nua na minha frente, e eu, primeiro de pé, comecei pelos ombros e seios. Depois tive de me abaixar um pouco para pintar a barriga e as costas, e, por fim, me ajoelhei para terminar a parte inferior do corpo e as pernas... Pintei-a com amor, adorando-a, como num culto religioso.

"Suas costas eram largas e fortes, como o dorso de um cavalo de circo. Eu poderia montar em Bijou que ela não se curvaria com meu peso. Poderia ter sentado nas suas costas, escorregado e a penetrado por trás. Tive vontade de fazer isso. Mas, talvez, tenha querido ainda mais esfregar os seus seios até que a pintura saísse, limpá-los com minhas carícias até que pudesse beijá-los... Mas me contive e continuei a transformá-la em uma selvagem.

"Quando ela se movia, os desenhos brilhantes se moviam com ela, como uma superfície de água misturada com óleo. Seus mamilos eram duros como cerejas ao toque de meu pincel. Eu me deliciava com cada curva.

Abri as calças e libertei meu pênis. Bijou nem me olhou. Continuou como estava, sem se mover. Quando pintei as cadeiras e o vale que leva aos pelos púbicos, ela percebeu que eu não seria capaz de terminar minha tarefa e disse:

"– Você vai estragar tudo se me tocar. Não pode encostar a mão em mim. Depois que secar. você será o primeiro. Vou esperá-lo no baile. Mas agora não.

"E sorriu para mim.

"O seu sexo, é claro, permaneceu sem pintura. Bijou ia ao baile inteiramente nua, coberta apenas por uma folha de figueira. Ela permitiu que eu beijasse seu sexo – com cuidado, se não quisesse engolir verde-jade e vermelho-chinês. Bijou estava muito orgulhosa de seus desenhos africanos. Parecia agora a rainha do deserto. Seus olhos brilhavam. Sacudiu os brincos, riu, cobriu-se com uma capa e foi embora. Fiquei em tal estado que levei horas me preparando para o baile – apenas para me cobrir com uma demão de tinta marrom.

"Eu lhe disse no princípio que Bijou era infiel por natureza. Ela nem sequer permitiu que a tinta secasse. Quando cheguei no baile pude ver que mais de um homem tinha enfrentado o perigo de ficar pintado com os desenhos que eu fizera nela. Estava tudo borrado. O baile estava no auge. Os camarotes estavam cheios de pares entrelaçados. Era um orgasmo coletivo. E Bijou não tinha esperado por mim. Ao andar, ia deixando uma trilha de sêmen, o que me permitiria segui-la facilmente a qualquer parte."

HILDA E RANGO

Hilda era uma bela modelo parisiense que se apaixonou profundamente por um escritor americano, cuja obra era tão violenta e sensual que atraía as mulheres para ele imediatamente. Escreviam-lhe cartas ou tentavam uma apresentação através de amigos. As que conseguiam conhecê-lo sempre ficavam atônitas com sua gentileza, sua doçura.

Hilda teve a mesma experiência. Vendo que ele permanecia impassível, começou a cortejá-lo. Foi só quando fez os primeiros avanços e o acariciou que ele começou a fazer amor com ela do jeito que ela esperava que fosse feito. Mas cada vez Hilda tinha que começar tudo de novo. Primeiro tinha que tentá-lo de algum modo – ajeitar uma liga, falar sobre alguma experiência passada, ou deitar em seu sofá, esticando a cabeça para trás e projetando os seios, se espreguiçando como um grande felino. Sentava-se no seu colo, oferecia-lhe a boca, desabotoava suas calças, excitava-o.

Viveram juntos por diversos anos, profundamente ligados. Ela acabou por se acostumar ao ritmo sexual dele. Ele ficava deitado de costas, esperando e aproveitando. Ela aprendeu a ser ativa, ousada, mas sofria com isso; porque, por natureza, era extraordinariamente feminina. Bem no fundo, acreditava que a mulher pode facilmente controlar o seu desejo, mas que o homem não, que pode ser prejudicial a ele fazer isso. Achava que a mulher foi feita para responder ao desejo do homem. Sempre sonhara em ter um homem que impusesse sua vontade sobre a dela, que a governasse sexualmente, a conduzisse.

Mas Hilda gratificou o escritor porque o amava. Aprendeu a procurar o pênis dele e acariciá-lo até que ficasse duro, a procurar sua boca e beijá-lo de língua, a apertar seu corpo no dele, a excitá-lo. Às vezes, quando estavam deitados, conversando, ela descobria que o pênis dele estava duro, sem que, no entanto, tivesse feito qualquer movimento em sua direção. Aos poucos, Hilda acabou por se acostumar a expressar seu desejo, sua disposição, desse modo. Perdeu toda a reserva, a timidez.

Uma noite, em uma festa em Montparnasse, ela conheceu um pintor mexicano, um homem moreno, imenso, com os cabelos, olhos e grossas sobrancelhas pretos como carvão. Estava bêbado. Logo ia descobrir que ele estava quase sempre bêbado.

Mas a visão de Hilda causou um choque profundo nele. Obrigou-se a se endireitar e a encarou como um grande leão enfrentando um domador. Havia nela alguma coisa que fazia com que ele ficasse em pé direito e tentasse ficar sóbrio de novo, erguer-se do nevoeiro de álcool em que vivia. De repente, teve vergonha de sua roupa desmazelada, da tinta nas unhas, do cabelo despenteado. Ela, por sua vez, foi atingida pela imagem de um demônio, o demônio que imaginara existir por trás da obra do escritor americano.

Rango era um homem enorme, inquieto, destrutivo. Não amava ninguém nem era ligado a nada, um vagabundo e um aventureiro. Pintava em estúdios de amigos, pedindo emprestado telas e tintas, até que desaparecia, deixando lá o seu trabalho. A maior parte do tempo vivia com ciganos nas cercanias de Paris. Compartilhava de sua vida nos carroções, viajando por toda a França. Respeitava suas leis, jamais fazia amor com mulheres ciganas, tocava guitarra com eles nos cabarés quando precisavam de dinheiro e comia suas refeições – frequentemente preparadas com galinhas roubadas.

Quando conheceu Hilda, sua carroça cigana estava do lado de fora de um dos portões de Paris, próximo das antigas barricadas já em ruínas. O carroção pertencera a um português, que o cobrira com couro pintado por dentro. A cama ficava pendurada na parte de trás, suspensa como um beliche de navio. A cobertura era tão baixa que era muito difícil ficar em pé lá dentro.

Na festa daquela primeira noite, Rango não convidou Hilda para dançar, embora fossem seus amigos que estivessem tocando. As luzes tinham sido apagadas, porque vinha bastante luz da rua, e as varandas estavam cheias de casais abraçados. A música era romântica.

Rango parou diante de Hilda, muito alto, e encarou-a. Depois perguntou:

– Você quer dar uma volta?

Hilda disse que sim. Rango saiu andando com as mãos nos bolsos, um cigarro pendurado no canto da boca. Estava sóbrio agora, sua cabeça tão clara quanto a noite. Foi caminhando na direção da saída da cidade. Passaram pelos barracos dos apanhadores de lixo, pequenas cabanas construídas de qualquer modo, sem janelas –

entrava bastante ar pelas frestas entre as tábuas e pelas portas malfeitas. De calçamento, nem sinal.

Pouco mais adiante estava uma coluna de carroças ciganas. Eram quatro horas da manhã e todos estavam dormindo. Hilda não falava. Caminhava atrás de Rango com a sensação de estar sendo raptada, de não ter vontade ou conhecimento do que estava lhe acontecendo. Dominava-a, acima de tudo, a sensação de estar sendo levada.

Os braços de Rango estavam nus. Hilda só sabia de uma coisa: que desejava que aqueles braços a envolvessem. Ele se encolheu para entrar na carroça e acendeu uma vela. Era demasiadamente alto para a cobertura, mas ela era mais baixa e pôde ficar de pé.

As velas projetavam sombras enormes. A cama dele estava aberta e só tinha um cobertor, jogado de qualquer maneira. Roupas dele podiam ser vistas por toda parte. Havia duas guitarras. Ele apanhou uma e começou a tocar, sentado entre suas roupas. Hilda teve a sensação de que estava sonhando, que tinha de conservar o olhar fixo nos seus braços nus, no seu pescoço aparecendo através da camisa aberta, para que Rango pudesse sentir a mesma coisa que sentia, o mesmo magnetismo.

No momento em que sentiu que estava mergulhando na escuridão, se precipitando na sua carne morena e dourada, Rango caiu sobre ela, cobriu-a de beijos quentes, beijos rápidos. Beijou-a atrás das orelhas, nas pálpebras, pescoço, ombros. Hilda ficou cega, surda, louca. Cada beijo, como um gole de vinho, aumentava o calor do seu corpo. Cada beijo aumentava a temperatura dos lábios dele. Mas Rango não fez qualquer gesto para levantar sua saia ou despi-la.

Ficaram deitados por longo tempo. A vela terminou. Tremeluziu e apagou. No escuro, ela sentiu a candente secura dele, como a areia do deserto, a envolvê-la.

Depois, a mesma Hilda que tinha feito aquilo tantas vezes antes viu-se compelida a repetir o gesto, em meio ao sonho que vivia e à embriaguez causada pelos beijos. Pôs a mão no cinto dele com sua fivela fria de prata, abaixou-a até os botões das calças. Sentiu seu desejo.

De repente, ele a empurrou como se o tivesse ferido. Levantou-se e acendeu outra vela. Ela não podia entender o que acontecera. Viu que Rango estava zangado. Havia um brilho feroz em seus olhos. Seu rosto, de malares altos, e que sempre parecia estar sorrindo, não mais sorria. Os lábios estavam cerrados.

– O que foi que eu fiz? – perguntou ela.

Ele parecia um animal selvagem, mas tímido, que tivesse sofrido uma violência. Humilhado, ofendido, orgulhoso, intocável. Ela repetiu:

– O que foi que eu fiz?

Sabia que fizera algo que não devia. E queria que ele compreendesse que era inocente.

Rango riu de sua cegueira. E explicou:

– Você agiu como uma puta.

Uma profunda vergonha, uma sensação de grande ofensa esmagou-a. Sua parte mais feminina sofria por ter-se visto forçada a agir como agia com seu antigo amante. A mulher que se vira obrigada a trair sua verdadeira natureza com tanta frequência, que transformara em hábito o comportamento adquirido, aquela mesma mulher chorava agora, descontroladamente. As lágrimas não o comoveram. Hilda levantou-se, dizendo:

– Mesmo que esta seja a última vez que venho aqui, quero que você saiba de uma coisa. Nem sempre uma mulher faz o que deseja. Fui ensinada por alguém... um homem com quem vivi por muitos anos e que me forçava... me forçava a agir...

Rango ouvia em silêncio. Hilda prosseguiu.

– A princípio eu sofri, modifiquei toda a minha natureza... Eu... – ela não pôde mais continuar.

Ele se sentou ao seu lado.

– Eu compreendo.

Apanhou de novo a guitarra e tocou para ela. Beberam um pouco. Mas Rango não tocou em Hilda. Caminharam lentamente de volta ao lugar onde ela morava. Hilda jogou-se na cama, exausta, e adormeceu chorando, não só pela perda de Rango como também pela perda daquela parte de si própria que se modificara, que ficara deformada pelo amor de um homem.

No dia seguinte, Rango a esperava na porta do pequeno hotel onde ela morava. Estava lendo e fumando. Quando ela saiu, ele disse, simplesmente:

– Venha tomar café comigo.

Sentaram-se no Martinique, um café frequentado por mulatos, lutadores de boxe, toxicômanos. Ele escolheu um canto escuro e logo começou a beijá-la. E não parou. Prendeu a boca de Hilda na sua e não se mexeu. E ela se dissolveu naquele beijo.

Foram andando pelas ruas como apaches, beijando-se sem parar, encaminhando-se, meio inconscientes, para a carroça cigana de Rango. Em plena luz do dia, o lugar estava animado, cheio de ciganas que se preparavam para vender rendas no mercado. Os homens delas dormiam. Outros se preparavam para seguir viagem rumo ao sul. Rango disse que desejava ir com eles, mas tinha um emprego tocando guitarra em um cabaré onde lhe pagavam bem.

– E agora – acrescentou – tenho você.

Na carroça, ele lhe ofereceu vinho e cigarro. Depois beijou-a de novo. Primeiro ergueu-se para fechar a pequena cortina. Só então a despiu, lentamente, tirando as meias com delicadeza, as mãos enormes e muito morenas segurando-as como se fossem feitas de uma gaze invisível. Deteve-se para examinar suas ligas. Beijou-lhe os pés. Seu rosto estava estranhamente puro, iluminado por uma alegria jovem. Ele a despiu como se Hilda fosse a sua primeira mulher. Atrapalhou-se um pouco com os colchetes da saia, mas por fim conseguiu abri-la. Com mais habilidade, puxou-lhe o suéter pela cabeça, deixando Hilda só de calcinhas. Caiu sobre ela beijando-lhe a boca sem parar. Depois tirou a própria roupa e atirou-se de novo sobre Hilda. Enquanto se beijavam, agarrou-lhe as calcinhas e puxou-as, murmurando:

– Você é tão pequena e delicada que não posso acreditar que tenha um sexo.

Abriu-lhe as pernas apenas para beijá-la. Hilda sentiu o contato do pênis dele, duro, de encontro à sua barriga, mas Rango o agarrou e empurrou-o para baixo.

Hilda ficou atônita ao vê-lo fazer aquilo, empurrar o pênis e prendê-lo entre as pernas, cruelmente, afastando seu desejo. Era como se ele gostasse de se provar, de negar a si mesmo, enquanto, ao mesmo tempo, se excitava e a ela a um ponto insuportável com os seus beijos.

O prazer e a dor da expectativa faziam Hilda gemer. Ele se movia sobre o seu corpo, ora beijando-lhe a boca, ora beijando-lhe o sexo, até que o sabor de mar do desejo dela chegou à sua boca, trazido pelos lábios e pelo hálito de Rango.

Mas ele continuava a prender o pênis, e, quando os dois ficaram exaustos com tanta excitação irrealizada, Rango caiu no sono deitado em cima de Hilda, como uma criança, as mãos fechadas, a cabeça sobre o seu seio. De vez em quando a acariciava, sussurrando:

– Não é possível que você tenha um sexo. É tão pequena e delicada... Você não existe...

Colocou depois uma das mãos entre as pernas dela. Hilda descansou, colada no corpo dele, duas vezes maior do que o seu. Mas estava tão excitada que não conseguiu dormir.

O corpo de Rango cheirava como uma floresta de madeira de lei; o cabelo era perfumado como o sândalo, a pele, como o cedro. Rango poderia ter vivido sempre entre plantas e árvores. Deitada ao seu lado, privada da realização tão desejada, Hilda sentiu que a fêmea existente dentro dela estava aprendendo a se submeter ao macho, a obedecer a seus caprichos. Viu também que ele ainda a estava punindo pelo gesto que fizera, por sua impaciência, pelo ato de liderança. Ele a excitaria e lhe negaria o prazer final até que tivesse quebrado a sua vontade.

Teria Rango compreendido que aquilo fora involuntário, que não era verdadeiramente uma parte da sua natureza? De qualquer modo, ele estava determinado a submetê-la. Muitas vezes mais se encontraram, nus, deitados lado a lado, beijando-se e se acariciando até a loucura, e, de cada vez, ele prendia o pênis entre as pernas e o escondia dela.

Por vezes sem conta Hilda se deitou passivamente, sem demonstrar desejo ou impaciência. Estava em contínuo estado de excitação, que lhe acentuava todos os sentidos. Era como se tivesse tomado uma droga que tornara todo o seu corpo mais sensível à carícia, ao contato, ao próprio ar. Sentia o vestido sobre sua pele como se fosse uma mão. Tudo o que a tocava parecia uma mão a lhe acariciar perpetuamente os seios, as coxas. Descobrira um novo mundo, um mundo de suspense e erotismo, um mundo deslumbrante que nunca sonhara existir.

Um dia, caminhando ao seu lado, perdeu o salto de um sapato. Rango teve que carregá-la. Naquela noite, ele a possuiu, à luz das velas da carroça cigana. Parecia um demônio a esmagá-la, cabelo desgrenhado, os olhos negros como carvão incendiando os dela, o pênis forte penetrando-a, queimando de amor as entranhas daquela mulher cuja submissão ele exigira em primeiro lugar, submissão do seu desejo, à sua hora.

O CHANCHIQUITO

Quando Laura tinha dezesseis anos, ainda se lembrava muito bem, ouvia histórias intermináveis a respeito da vida no Brasil, histórias essas contadas por um tio que lá vivera por muito tempo. Ele ria das inibições dos europeus. Dizia que, no Brasil, as pessoas faziam amor como macacos, a toda hora e sem problemas; as mulheres eram acessíveis e sempre dispostas; não havia quem não reconhecesse seu apetite sexual. Costumava contar, rindo, o conselho que dera a um amigo que iria seguir viagem para o Brasil:

– Você tem que levar dois chapéus.

– Por quê? – perguntara o amigo. – Não quero levar muita bagagem.

– Mesmo assim, você tem que levar dois chapéus. O vento pode carregar um deles.

– Mas eu posso apanhar o chapéu no chão, não posso?

– No Brasil, você não pode se abaixar, senão...

Ele também contava que no Brasil existia um animal chamado chanchiquito. Era parecido com um porquinho, bem pequeno, mas com o focinho enorme. O chanchiquito tinha paixão por subir pelas saias das mulheres e enfiar o focinho entre suas pernas.

Um dia, de acordo com o tal tio de Laura, uma dama muito pomposa e aristocrática marcou uma entrevista com seu advogado, para tratar de um testamento. Era um senhor distinto, de cabeça branca, a quem ela conhecia havia muitos anos. Ela era uma viúva muito reservada, imponente, suntuosamente vestida com saias rodadas de cetim, gola de renda, punhos engomados, e um véu cobrindo o rosto. Sentou-se toda empertigada, como uma personagem de uma gravura antiga, apoiando uma das mãos na sombrinha e a outra no braço da cadeira. Os dois tiveram uma conversa calma e metódica a respeito de detalhes do testamento.

O advogado já tinha sido apaixonado pela dama, mas após dez anos de corte não fora capaz de conquistá-la. Havia agora um certo tom de flerte em suas vozes, mas era algo digno e respeitoso, semelhante às galanterias de antigamente.

O encontro teve lugar na mansão da velha senhora. Estava muito quente, e todas as portas tinham sido abertas. De onde se encontravam podiam ver as montanhas. Do lado de fora, os criados índios estavam festejando qualquer coisa. Tinham cercado a casa com tochas. Assustado, talvez, por isso, e incapaz de fugir ao círculo de fogo, um certo animalzinho esgueirou-se correndo para dentro da casa. Dois minutos depois a grande dama estava gritando e se contorcendo na cadeira, com um ataque histérico. Os criados foram chamados. O feiticeiro foi chamado. O feiticeiro e a senhora se trancaram no quarto dela. Quando o feiticeiro saiu, estava carregando o chanchiquito, cuja péssima aparência indicava que sua expedição quase lhe custara a vida.

Essa história assustara Laura – a ideia de um animal enfiando a cabeça entre suas pernas. Tinha medo até de enfiar o dedo. Mas, ao mesmo tempo, a história lhe revelara que entre as pernas de uma mulher há espaço suficiente para o comprido focinho de um animal.

Até que um dia, na época das férias, quando brincava num gramado com outras amigas, Laura se atirou no chão, rindo de uma história que tinham contado, e um enorme cachorro policial caiu sobre ela, cheirando-lhe as roupas e metendo o focinho entre suas pernas. Laura gritou e o empurrou. A sensação a assustou e excitou ao mesmo tempo.

E agora Laura estava deitada em uma cama muito larga e baixa, as saias amarrotadas, o cabelo despenteado, o batom espalhado desigualmente nos lábios. Ao seu lado, estava deitado um homem com o dobro de sua altura e peso e que estava vestido como um operário, de calças de brim e jaqueta de couro.

Ela se virou um pouco para estudá-lo. Podia ver o osso malar alto que fazia com que ele parecesse estar sempre rindo, assim como seus olhos, virados para cima nos cantos, num sinal de perpétuo bom humor. Seu cabelo estava despenteado e seus gestos, ao fumar, eram extremamente naturais.

Jan era um pintor que ria da fome, do trabalho, da escravatura, de tudo. Preferia ser um vagabundo a perder a liberdade de dormir tão tarde quanto quisesse, de comer o que conseguisse encontrar e na hora que quisesse, e de pintar apenas quando a paixão pelo trabalho o empolgasse.

O quarto estava cheio das suas pinturas e sua palheta ainda se mostrava coberta de tinta fresca. Tinha pedido a Laura para posar para ele e começara a trabalhar com grande energia, sem vê-la como pessoa, mas observando o formato de sua cabeça, o modo como parecia se apoiar em um pescoço pequeno demais para o seu peso, o que dava a Laura um ar de fragilidade quase assustadora. Laura tinha se jogado na cama. E, enquanto posava, examinava o teto.

A casa era muito velha, com a tinta descascada e até mesmo pedaços de reboco faltando. À medida que olhava, as falhas do reboco, com suas inúmeras rachaduras, começaram a tomar formas. Ela sorriu. Era capaz de distinguir naquele emaranhado de linhas todo tipo de coisas.

Disse para Jan:

– Quando você terminar o seu trabalho, quero que faça um desenho para mim no teto. É de uma coisa que já está lá, se é que você vai poder enxergar o que estou vendo...

Jan ficou curioso e, de qualquer forma, não queria mais continuar trabalhando. Tinha chegado no difícil estágio dos pés e mãos, que detestava pintar; de modo que frequentemente os embrulhava numa espécie de nuvem de bandagens sem forma, como os pés e mãos de um aleijado, e deixava o desenho assim mesmo, só corpo, um corpo sem pés para fugir ou mãos para fazer carícias.

Pôs-se a estudar o teto. Para fazer isso, deitou-se ao lado de Laura, olhando para cima com vivo interesse, procurando as formas que ela distinguira e seguindo as linhas que indicava com um dedo.

– Veja ali... está vendo a mulher deitada?...

Jan ergueu-se um pouco – o teto era muito baixo naquele canto, pois se tratava de um sótão – e, com o carvão que usava para fazer seus esboços, começou a desenhar em cima do forro. Primeiro fez a cabeça da mulher e os ombros, mas depois encontrou as pernas, que fez completas, até os dedos dos pés.

– A saia, a saia, estou vendo a saia – disse Laura.

– Também estou vendo – concordou Jan, desenhando uma saia evidentemente levantada, deixando as pernas e coxas nuas. Depois escureceu os pelos à volta do sexo, com todo o cuidado, como se estivesse pintando um gramado folha por folha, acrescentando também alguns detalhes à linha convergente das pernas. E pronto – lá estava a mulher, deitada no teto sem a menor vergonha, onde Jan podia vê-la com uma tênue chama erótica, numa reação que Laura percebeu com seus olhos intensamente azuis e que a deixou enciumada.

Para irritá-lo, enquanto ele olhava para a mulher, ela disse:

– Estou vendo um animalzinho pequeno parecido com um porquinho muito perto dela.

Franzindo a testa, Jan procurou distinguir o contorno da figura do animal, mas não achou. Começou a desenhar aleatoriamente, seguindo linhas e sombras confusas, e o que começou a tomar forma foi um cachorro que estava subindo em cima da mulher. Depois, com um último e irônico traço, desenhou o pontudo sexo do cachorro quase tocando nos pelos púbicos da mulher. Laura disse:

– Estou vendo outro cachorro.

– Eu não estou – retrucou Jan, deitando-se na cama para poder apreciar melhor seu desenho, enquanto Laura se erguia e começava a pintar um cachorro que estava montando no cachorro de Jan, por trás, na mais clássica das poses, sua cabeça peluda enterrada nas costas do outro, como se o estivesse devorando.

Depois Laura se pôs a procurar um homem. Queria um homem naquele desenho a qualquer custo. Queria um homem para olhar, enquanto Jan estivesse olhando para a mulher de saia levantada. Começou a desenhar cuidadosamente – porque as linhas não podiam ser inventadas, e ela podia se perder e acabar por fazer uma árvore ou um macaco. Mas, aos poucos, o torso de um homem acabou por aparecer. Era verdade que ele não tinha pernas e que sua cabeça era pequena, mas tudo isso era amplamente compensado pelo tamanho do seu sexo, que estava obviamente com nítida disposição agressiva, enquanto ele observava os cães cruzando quase em cima da mulher deitada.

Laura, então, se deu por satisfeita e deitou-se de novo. Os dois ficaram olhando para o desenho e rindo. Com suas mãos enormes, ainda cheias de tinta fresca, Jan aproveitou para iniciar uma exploração por baixo da saia de Laura, como se estivesse desenhando, moldando os contornos com um lápis, tocando amorosamente cada linha, subindo bem devagar pernas acima, certificando-se sempre de ter acariciado cada região e de ter seguido cada curva.

As pernas de Laura estavam meio cruzadas, como as pernas da mulher do teto, os pés em ponta como os de uma bailarina, de modo que, quando a mão de Jan atingiu suas coxas e quis ser admitida entre elas, ele teve que abri-las usando um pouco de força. Laura resistia nervosamente, como se não quisesse outra coisa senão ser a mulher do desenho, apenas nua, o sexo fechado, as pernas rígidas. Jan esforçou-se para derreter aquela rigidez, aquela firmeza, e o fez com a maior gentileza e uma incrível persistência, fazendo círculos mágicos com o dedo na carne de Laura, como se assim pudesse fazer o sangue dela circular mais depressa, sempre mais depressa.

Mesmo continuando a olhar para a mulher, Laura abriu as pernas. Uma coisa tocou em suas ancas, da mesma forma que as ancas da mulher estavam sendo tocadas pelo sexo rígido do cachorro, e sentiu como se os dois cães estivessem cruzando bem em cima dela. Jan viu que ela não estava ligada nele e sim no desenho. Sacudiu-a com raiva e, para puni-la, possuiu-a com tanta energia que só parou de mergulhar para dentro dela quando Laura gritou. A essa hora, nenhum dos dois estava mais olhando para o teto. Estavam entrelaçados nas roupas de cama, meio cobertos, pernas e cabeças enroscadas. Assim, eles caíram no sono e as tintas secaram na palheta.

AÇAFRÃO

Fay nascera em Nova Orleans. Quando tinha dezesseis anos foi cortejada por um homem de quarenta, de quem sempre gostara por sua aristocracia e distinção. Fay era pobre. As visitas de Albert eram acontecimentos para a família dela. Por sua causa, a pobreza deles era rapidamente disfarçada. Albert vinha como uma espécie de libertador, a falar de uma vida que Fay nunca conhecera, do outro lado da cidade.

Quando se casaram, Fay foi instalada como uma princesa na casa dele, que ficava escondida em meio a um imenso parque. Belas mulheres negras a serviam. Albert a tratava com extrema delicadeza.

Na primeira noite ele não a possuiu. Alegou que era uma prova de amor não forçar a esposa, e sim conquistá-la lentamente, até que estivesse preparada e disposta a ser possuída.

Ele foi até o quarto dela e limitou-se a acariciá-la. Deitaram-se, cercados pelo cortinado branco, como se estivessem dentro de um véu nupcial, a se acariciarem e se beijarem na noite quente. Fay sentiu-se fraca, parecia ter sido drogada. Cada novo beijo ia dando nascimento a uma outra mulher, ia expondo uma nova sensibilidade. Depois, quando ele a deixou, ficou se virando na cama, incapaz de dormir. Albert tinha acendido pequenas fogueiras sob sua pele, correntes elétricas que a conservavam desperta.

Ela foi intensamente atormentada desse modo por diversas noites. Sendo inexperiente, não tentou provocar a consumação do ato sexual. Limitava-se a ceder àquela profusão de beijos no seu cabelo, pescoço, ombros, braços, costas, pernas... Albert se deliciava beijando-a até que ela gemesse, certo de ter acordado uma verdade adormecida de sua carne, e então sua boca seguia em frente.

Assim, ele descobriu a trêmula sensibilidade de Fay debaixo dos braços, no ponto onde nasciam os seios, as vibrações que corriam entre os mamilos e seu sexo, assim como entre a boca do seu sexo e os lábios, todas as ligações misteriosas que estimulam e excitam outros lugares além daquele que está sendo beijado, correntes que vão da raiz do cabelo à base da espinha. Cada ponto que beijava ele louvava com palavras de adoração, observando as covinhas na extremidade de suas costas, a firmeza de suas nádegas, a curvatura pronunciada da sua coluna, que tanto arrebitava o traseiro de Fay, "como o de uma negra", dizia ele.

Albert passava os dedos à volta dos tornozelos de Fay, detinha-se nos seus pés, que eram perfeitos como as mãos, acariciava vezes sem conta o perfil de estátua do seu pescoço, perdia-se na sua cabeleira comprida e cheia.

Os olhos dela eram longos e estreitos como os de uma japonesa, sua boca, generosa, os lábios, sempre entreabertos. Seus seios arfavam quando Albert a beijava e marcava a linha dos seus ombros com os dentes. Mas, depois, quando Fay começava a gemer, ele a deixava, fechando o mosquiteiro branco cuidadosamente, protegendo-a como se fosse um tesouro, deixando-a com o líquido do amor escorrendo por entre as pernas.

Uma noite, como era comum, ela não conseguiu dormir. Deixou-se ficar sentada na cama, nua. Quando se levantou para procurar o quimono e as sandálias, uma gotinha de mel rolou do seu sexo e desceu pela perna, até ir marcar o tapete branco. Fay não conseguia entender o autocontrole de Albert, sua reserva. Como podia ele subjugar seu desejo e dormir depois de tantos beijos e carícias? Nem sequer tinha chegado a tirar completamente a roupa. Ainda não vira seu corpo.

Decidiu sair do quarto e andar um pouco até se acalmar de novo. Todo o seu corpo latejava. Desceu vagarosamente a larga escadaria e saiu para o jardim. O perfume das flores a deixou tonta. Os galhos das árvores caíam languidamente por cima dela, e o musgo que recobria os caminhos tornava seus passos absolutamente silenciosos. A impressão que tinha era a de que estava sonhando. Caminhou sem destino por longo tempo. De repente, um ruído a assustou. Era um gemido, um gemido ritmado como o de uma mulher se lamentando. A luz da lua que atravessava a ramaria das árvores expôs uma negra deitada sobre o musgo, com Albert por cima dela. Os gemidos da mulher eram de prazer. Albert a esmagava como um animal selvagem e se atirava, também ritmadamente, de encontro a ela. Ele, da mesma forma que sua parceira, deixava escapar gritos confusos e desconexos. Diante dos olhos de Fay, os dois se deixaram levar, convulsivamente, pelos violentos prazeres do êxtase.

Nenhum dos dois viu Fay, que se conservou em silêncio, paralisada pela dor. Depois de algum tempo correu de volta para casa, curvada ao peso da humildade de sua juventude, de sua inexperiência; torturavam-na inúmeras dúvidas a respeito de si própria. A culpa seria sua? Em que tinha falhado, o que tinha deixado de fazer para agradar a Albert? Por que ele tivera que deixá-la e fora procurar aquela negra? A cena selvagem não saía de seus olhos. Culpou-se por ter caído sob o encantamento de suas carícias e por, talvez, não ter agido como seria do desejo dele. Sua própria feminilidade a condenara.

Albert poderia ter-lhe ensinado. Ele dissera que a estava conquistando aos poucos... esperando. Tudo o que tinha a fazer era sussurrar umas poucas palavras. Estava pronta a obedecer. Sabia que ele era mais velho e que ela era inocente. Tinha esperado ser ensinada.

Naquela noite, Fay se transformou em uma mulher, fazendo segredo de sua dor, disposta a salvar sua felicidade com Albert, a mostrar sabedoria e refinamento. Quando ele se deitou ao seu lado, ela murmurou:

– Eu gostaria que você tirasse a roupa.

Albert pareceu espantar-se, mas consentiu. Foi só então que ela viu seu corpo ainda jovem, esbelto, o cabelo muito branco e brilhante, uma curiosa mescla de juventude e idade. Ele começou a beijá-la. Ao mesmo tempo, com timidez, a mão dela moveu-se para o seu corpo. A princípio estava assustada. Tocou no peito dele, depois em seus quadris. Albert continuou a beijá-la. Devagar, a mão de Fay procurou seu pênis. Ele fez um movimento para se afastar. Estava mole. Albert começou a beijá-la entre as pernas, murmurando sem parar a mesma frase:

– Você tem o corpo de um anjo. É impossível que um corpo desses tenha um sexo. Você tem o corpo de um anjo.

De repente, Fay teve um assomo de raiva, raiva por ele ter afastado o pênis de sua mão. Sentou-se, o cabelo despenteado caindo-lhe nos ombros, e disse:

– Eu não sou anjo, Albert. Sou uma mulher. Quero que você me ame como mulher.

Seguiu-se a noite mais triste da vida de Fay, porque Albert quis possuí-la e não conseguiu. Ele ensinou as mãos dela a acariciá-lo. Seu pênis endurecia, ele começava a colocá-lo entre suas pernas, mas logo amolecia de novo entre as mãos de Fay.

Albert permanecia em silêncio, tenso. Fay podia ver pela expressão do seu rosto o quanto estava atormentado. Tentou muitas vezes. Dizia:

– Espere um pouco, um pouquinho só.

Dizia isso com humildade, delicadamente. Fay permaneceu ali deitada, pelo que lhe pareceu toda uma noite, molhada, desejosa, ansiosa, enquanto ele tentava possuí-la e falhava, voltava e a beijava como que para compensá-la pelo sacrifício. Fay chorou.

Essa mesma cena se repetiu por duas ou três noites, após o que Albert não mais foi ao seu quarto.

E quase todos os dias Fay via sombras no jardim, sombras que se abraçavam. Tinha medo de sair do quarto. A casa era completamente acarpetada e silenciosa, e, uma vez, quando subia as escadas, surpreendeu Albert montado em uma das criadas negras, com as mãos por baixo de sua saia rodada.

Fay ficou obcecada com os gemidos que ouvia. Tinha a impressão de ouvi-los o tempo todo. Uma vez foi até o quarto das criadas, que ficava em uma outra casa menor, e prestou atenção. Ouviu os mesmos gemidos que tinha ouvido no jardim. Caiu no choro. Uma porta se abriu. Mas não foi Albert quem saiu lá de dentro e sim um dos jardineiros, também negro, que encontrou Fay soluçando.

Albert acabou por possuí-la na mais insólita das circunstâncias. Iam dar uma festa para amigos espanhóis. Embora raramente fizesse compras, Fay foi até a cidade para comprar um tipo especial de açafrão para temperar o arroz, uma marca extraordinária que acabara de chegar em um navio que viera da Espanha. Foi agradável comprar aquele açafrão tão fresco. Fay sempre gostara de cheiros de docas, de armazéns. Quando os pequenos pacotes de açafrão lhe foram entregues, colocou-os numa bolsa que carregou de encontro ao seio, debaixo do braço. O cheiro era forte, embebeu-se em suas roupas, mãos, o corpo todo.

Quando chegou em casa, Albert estava à sua espera. Veio ao seu encontro no carro e puxou-a para fora, rindo alegre. Ao fazê-lo, com ela ainda nos braços, ele percebeu.

– Você está cheirando a açafrão!

Fay percebeu um brilho curioso nos olhos de Albert, que comprimiu o rosto de encontro aos seus seios, cheirando-a. Depois a beijou. Seguiu-a até o quarto, onde ela atirou a bolsa em cima da cama. A bolsa abriu-se. O cheiro de açafrão encheu o quarto. Albert fez com que se deitasse, completamente vestida, e, sem beijos ou carícias, possuiu-a.

Quando terminou, ele disse, feliz da vida:

– Você está com o cheiro de uma preta.

O encanto estava desfeito.

MANDRA

Os arranha-céus iluminados brilham como árvores de Natal. Fui convidada a ficar com amigos ricos no Plaza. O luxo me acalenta, mas me deixo ficar deitada na cama macia com tédio, como uma flor numa estufa. Meus pés se apoiam em carpetes grossos. Nova York – a grande Babilônia – me dá febre.

Vejo Lilian. Não a amo mais. Há pessoas que dançam e há aquelas que se enrolam e se prendem em nós. Gosto das que dançam e seguem. Verei Mary de novo. Talvez agora eu não seja tímida. Lembro-me de quando ela foi a Saint Tropez um dia e nos encontramos casualmente em um café. Ela me convidou para ir ao seu quarto naquela noite.

Marcel, meu amante, teve que ir para casa naquela noite, ele morava muito longe. Eu estava livre. Deixei-o às onze horas e fui ver Mary. Eu estava com o meu vestido espanhol de cretone, com babados, e usava uma flor no cabelo. Sentia-me linda, toda queimada de sol.

Quando cheguei, Mary estava deitada na cama, passando creme no rosto, ombros e pernas, porque ficara deitada na praia. Na verdade, estava coberta de creme.

Aquilo me desapontou. Sentei-me ao pé da cama e conversamos. Perdi a vontade de beijá-la. Ela estava fugindo do marido. Casara-se apenas para ser protegida.

Nunca, realmente, amara homens, e sim mulheres. No começo do casamento, contara ao marido todo tipo de histórias a respeito de si própria, histórias que não deveria lhe ter contado – como fora dançarina na Broadway e dormira com homens quando estava sem dinheiro; como chegara a trabalhar num prostíbulo; como conhecera um homem que se apaixonara por ela e a mantivera como sua amante por muitos anos. Seu marido não gostava de recordar essas histórias, ficava com ciúmes e cheio de dúvidas, e a vida do casal tornou-se insuportável.

No dia seguinte ao do nosso encontro, ela deixou Saint Tropez, e eu me arrependi muito por não tê-la beijado. Agora estava prestes a vê-la de novo.

Em Nova York dei asas à minha vaidade. Mary está linda como sempre e parece muito impressionada comigo. Ela é só curvas, maciez. Seus olhos são grandes e líquidos; sua face, luminosa. A boca é cheia; o cabelo, louro, é abundante. Ela é lenta, passiva, letárgica. Vamos juntas ao cinema; no escuro, ela segura minha mão.

Está fazendo análise agora e descobriu o que eu já pressentia há muito tempo: que nunca teve um orgasmo de verdade, aos trinta e quatro anos, após uma vida sexual que só poderia ser registrada por um perito contador. Estou descobrindo seus fingimentos. Ela está sempre sorrindo, alegre, mas por dentro se sente irreal, remota, distanciada da experiência. Age como se estivesse dormindo. E tenta acordar indo para a cama com qualquer pessoa que a convide.

Mary diz:

– É muito difícil para mim falar a respeito de sexo, fico tão envergonhada!

Não tem a menor vergonha de fazer sexo, mas não pode falar a respeito. Comigo ela pode falar. Ficamos sentadas durante horas em lugares perfumados onde haja música. Ela gosta dos locais frequentados por atores.

Há uma corrente de atração entre nós, puramente física. Estamos sempre a ponto de ir para a cama. Mas ela nunca está livre de noite. Não quer que eu conheça seu marido. Receia que eu vá seduzi-lo.

Ela me fascina porque sua sensualidade transborda dos poros. Aos oito anos já estava tendo um caso com uma prima mais velha.

Compartilhamos o amor pelas mesmas coisas: refinamento, perfumes e luxo. Ela é por demais preguiçosa, lânguida – na verdade, uma planta, é o que Mary é. Nunca vi uma mulher mais disposta a ceder. Diz que sempre espera encontrar um homem que a excite. Tem que viver em uma atmosfera sensual mesmo quando não sente nada. É o clima dela. Sua declaração favorita é:

– Naquela época, eu estava dormindo com todo mundo.

Se falamos a respeito de Paris e das pessoas a quem conhecemos lá, ela sempre diz:

– Não o conheço. Não dormi com ele.

Ou então:

– Ah, sim, ele era maravilhoso na cama.

Jamais soube que ela tivesse resistido uma vez sequer – uma coisa dessas, associada à frigidez! Engana a todo mundo, inclusive a ela própria. Parece estar sempre tão úmida e disponível que os homens pensam que está continuamente perto de um orgasmo. O que não é verdade. A atriz que existe nela parece estar alegre e tranquila, mas, por dentro, está em frangalhos. Mary bebe e só consegue dormir tomando pílulas. Sempre vai ao meu encontro comendo doces, como uma menina de escola. Aparenta vinte anos de idade. De casaco aberto, o chapéu na mão, os cabelos soltos.

Um dia ela cai na minha cama e chuta os sapatos. Olha as pernas e diz:

– São grossas demais. Já me disseram uma vez em Paris que parecem pernas de Renoir.

– Mas eu as amo – retruquei. – Eu as amo.

– Você gosta das minhas meias novas?

Levanta a saia para me mostrar.

Pede um uísque. Depois decide que tomará um banho. Pega o meu quimono. Sei que está tentando me seduzir. Sai do banheiro ainda úmida, deixando o quimono aberto. Suas pernas estão sempre um pouco abertas. Dá uma impressão tão forte de que está a ponto de ter um orgasmo, que não se pode deixar de pensar que bastaria uma leve carícia para deixá-la maluca. Quando se senta na beira da cama para vestir as meias, não posso mais me controlar. Ajoelho-me na sua frente e ponho a mão no cabelo entre as pernas. Faço um carinho muito, muito delicado e digo:

– A raposinha prateada, a raposinha prateada. Tão macia e tão bonita. Oh, Mary, não posso crer que você não sinta nada aí dentro.

Ela parece prestes a sentir, o jeito como sua carne se abre como uma flor, o modo como suas pernas se separam. Sua boca está tão úmida, tão convidativa, os lábios do seu sexo devem estar iguais. Ela abre ainda mais as pernas e deixa que eu olhe. Toco de leve e separo os lábios para verificar se estão úmidos. Ela sente quando toco no clitóris, mas eu quero fazer com que sinta um grande orgasmo.

Beijo o clitóris, ainda molhado do banho. Seus pelos púbicos estão úmidos como algas marinhas. Seu sexo tem o sabor de um fruto do mar, uma concha maravilhosa, fresca, salgada. Oh, Mary! Meus dedos trabalham mais rapidamente, ela cai de costas na cama, oferecendo-me tudo, aquele sexo aberto e úmido como uma camélia, como pétalas de rosa, veludo, cetim. É rosado e jovem, como se ninguém jamais o tivesse tocado. O sexo de uma menina.

Suas pernas estão penduradas para fora da cama. O sexo está aberto; posso mordê-lo, beijá-lo, enfiar a língua. Ela não se move. O pequeno clitóris endurece como um mamilo. Minha cabeça entre suas pernas está presa na mais deliciosa das prisões, uma prisão de carne sedosa e salgada.

Minhas mãos viajam para cima, até chegar aos seus seios pesados e acariciá-los. Ela começa a gemer um pouco. Agora são as mãos de Mary que acompanham as minhas e se juntam a elas para acariciar o próprio sexo. Ela gosta de ser tocada na boca, logo abaixo do clitóris. Toca no lugar comigo. É ali que gostaria de enfiar um pênis e movê-lo até fazer com que grite de prazer. Ponho minha língua na abertura e a enfio até onde ela consegue ir. Agarro sua bunda como uma fruta enorme, com ambas as mãos, e a empurro para cima, enquanto minha língua prossegue seu trabalho paciente. Enterro os dedos na carne de suas nádegas, sigo seu contorno firme, suas curvas. Meu dedo indicador passa de leve sobre o pequeno orifício do seu ânus e, com delicadeza, força um pouco o caminho.

De repente, Mary começa a reagir com intensidade, como se eu tivesse gerado uma centelha elétrica. Movimenta-se para abarcar um pedaço maior do meu dedo. Empurro com mais força, sem deixar de mexer com a língua dentro do seu sexo. Ela começa a gemer, ondular.

Quando Mary se deixa cair, sente meu dedo atrás, quando sobe um pouco, vai de encontro à minha língua incansável. Em cada movimento, vai sentindo meu ritmo sempre mais rápido, até que tem um longo espasmo e começa a arrulhar como uma pomba. Com o dedo eu sinto a palpitação do prazer, uma, duas, três vezes, pulsando alucinadamente.

Ela desaba, arquejando.

– Oh, Mandra, o que você me fez, o que você me fez!

Ela me beija, bebendo o salgado suco do amor que tenho na boca. Seus seios se comprimem de encontro a mim quando ela me abraça, repetindo:

– Oh, Mandra, o que você me fez...

Uma noite sou convidada para o apartamento de um jovem casal da sociedade, os H's. É como se a gente estivesse em um barco, porque é junto do East River e as barcaças vão passando enquanto se conversa, o rio é cheio de vida. Miriam é uma visão deliciosa, uma densa loura de seios grandes, cabelos luzidios, voz tentadora.

Seu marido, Paul, é baixo, pequeno, não é um homem, e sim um fauno – um animal lírico, ágil, bem-humorado. Ele me acha bonita. Trata-me como se eu fosse um objeto de arte. O mordomo preto abre a porta. Paul soltou uma exclamação ao me ver, meu capuz de Goya, a flor vermelha no meu cabelo, e se apressa a me levar até o salão para me exibir. Miriam está sentada, com as pernas cruzadas, em um sofá de cetim púrpura. Ela é uma beleza natural, enquanto eu, beleza fabricada, preciso de cenário e calor para desabrochar.

O apartamento deles é cheio de coisas que, separadamente, eu acho feias – candelabros de prata, mesas com escaninhos para flores, enormes pufes de cetim cor de amora, objetos rococó, coisas muito chiques colecionadas com bem-humorado esnobismo, como que para dizer: "Podemos rir de tudo o que é criado pela moda, estamos acima de tudo".

Em cada objeto há um toque de aristocrática insolência e, através deles, eu posso sentir a vida fabulosa que os H's levaram em Roma e Florença; as frequentes aparições de Miriam nas páginas da *Vogue* usando vestidos Chanel; a pomposa importância de suas famílias; seus esforços para serem elegantemente boêmios, e sua obsessão com a palavra que é a chave de tudo na sociedade – *divertido.*

Miriam me chama em seu quarto para me mostrar um novo maiô que comprou em Paris. Para isso, despe-se completamente e depois pega um longo tecido e se envolve como se fosse uma nativa de Bali.

Sua beleza me sobe à cabeça. Ela guarda o vestido de novo, anda nua pelo quarto e diz:

– Eu gostaria de ser como você. Você é tão refinada e pequenina. Eu sou grande demais.

– Mas isso é exatamente o que gosto em você, Miriam.

– Oh, o seu perfume, Mandra.

Ela coloca o rosto no meu ombro, sob meu cabelo, e cheira minha pele.

Coloco minha mão sobre o seu ombro.

– Você é a mulher mais bonita que já vi, Miriam.

Paul está nos chamando:

– Quando é que vocês vão parar de falar de roupas aí dentro? Estou farto de ficar sozinho!

É Miriam quem responde:

– Estamos indo.

Veste rapidamente umas calças compridas. Quando a vê, Paul reclama:

– E agora você está vestida para ficar em casa e eu quero levá-la para ouvir o Homem Corda. Ele canta as coisas mais maravilhosas com um instrumento de cordas e termina por se enforcar nelas.

Miriam concorda.

– Oh, está bem, vou me vestir.

Com isso, entra no banheiro. Fico atrás, com Paul, mas logo Miriam me chama:

– Mandra, entre para conversar comigo.

Calculo que ela deve estar meio vestida, mas não, está nua na frente do espelho, pintando o rosto.

É opulenta como uma rainha do teatro burlesco. Quando fica na ponta dos pés para enxergar melhor os olhos, sou de novo afetada pelo seu corpo. Aproximo-me por trás, observando-a.

Sinto-me um pouco tímida. Ela não é convidativa como Mary. Na verdade, é tão assexuada como são as mulheres na praia, ou em um banho turco, quando nem pensam na própria nudez. Experimento beijá-la de leve no ombro. Ela sorri para mim e diz.

– Eu gostaria que Paul não fosse tão irritável. Adoraria ter experimentado o maiô em você. E vê-la usando-o.

Ela devolve o meu beijo, na boca, mas tomando cuidado para não estragar a pintura. Não sei o que fazer a seguir. Quero beijá-la. Fico por perto.

Aí, então, Paul entra no banheiro sem bater e diz:

– Miriam, como é que você pode andar por aí nua desse jeito? Não leve a mal, Mandra. É um hábito dela. É dominada pelo desejo de nadar sem roupa. Vista-se, Miriam.

Miriam vai para o quarto, enfia um vestido, sem nada por baixo, completa-o com uma estola de pele de raposa e diz:

– Estou pronta.

No carro, ela coloca a mão sobre a minha. Depois leva-a por baixo da estola até um bolso do vestido, e em pouco tempo estou acariciando seu sexo. As ruas estão bem escuras.

Miriam diz que quer atravessar o parque. Precisa de ar. Paul quer ir diretamente para o *nightclub,* mas cede e tomamos o caminho que atravessa o parque, eu com a mão no sexo de Miriam, acariciando-o e sentindo-me cada vez mais excitada, a um ponto tal que não consigo falar.

Miriam, contudo, fala sem cessar. Penso que dentro em pouco ela vai ter que calar a boca. Mas ela continua falando, todo o tempo em que a estou acariciando ali no escuro, por baixo da seda do vestido e da pele de raposa. Posso senti-la subindo um pouco no banco do carro para ir de encontro ao meu dedo, abrindo as pernas para facilitar o acesso de minha mão. Depois ela fica tensa, estica-se e eu sei que está tendo sua dose de prazer. É contagioso. Eu também sinto meu orgasmo, mesmo sem ter sido tocada.

Estou tão molhada que receio que uma mancha no vestido me denuncie. O mesmo deve ocorrer com o vestido de Miriam. Mas nós duas conservamos os casacos para entrar no *nightclub.*

Os olhos profundos de Miriam estão brilhantes. Paul nos deixa por um momento e entramos no reservado das senhoras. Desta vez Miriam me beija na boca, em cheio, ousadamente. Retocamos a pintura e voltamos para a mesa.

A FUGITIVA

Pierre morava no mesmo apartamento que Jean, que era muito mais moço que ele. Um dia Jean trouxe para casa uma garota que encontrara vagando pelas ruas. Vira que não se tratava de uma prostituta.

Ela teria pouco mais de dezesseis anos, seu cabelo era cortado tão curto quanto o de um garoto, o corpo já formado, dois seios pequenos e pontudos. Respondera a Jean imediatamente, mas de modo confuso. Disse:

– Fugi de casa.

– E para onde está indo agora? Tem dinheiro?

– Não, não tenho dinheiro nem lugar para dormir.

– Então, venha comigo. Vou lhe preparar um jantar e arranjar um quarto.

Ela o seguiu com incrível docilidade.

– Qual é o seu nome?

– Jeanette.

– Vamos nos dar bem. Meu nome é Jean.

Havia dois quartos no apartamento, com uma cama de casal em cada um. A princípio Jean tencionara realmente socorrer a garota e depois dormir na cama de Pierre, que não voltara para casa. Não sentia desejo por ela, e sim pena do seu ar perdido, de desamparo. Preparou comida para ela. Depois, quando disse que estava com sono, deu-lhe um dos seus pijamas, colocou-a no seu quarto e saiu.

Assim que chegou no quarto de Pierre, Jean a ouviu chamando-o. Estava sentada na cama como uma criança exausta e o fez sentar-se ao seu lado. Pediu para que lhe desse um beijo de boa noite. Seus lábios eram inexperientes. O beijo que ela lhe deu foi delicado e inocente, mas, mesmo assim, excitou Jean. Ele prolongou o beijo e introduziu a língua em sua boca macia e pequena. Ela consentiu com a mesma docilidade que demonstrara indo para a casa dele.

Jean ficou ainda mais excitado. Esticou-se ao lado dela. Jeanette pareceu gostar da mudança. Ele estava assustado com a pouca idade dela, mas, mesmo assim, não podia crer que ainda fosse virgem. O modo como beijava não provava nada. Ele conhecera muitas mulheres que não sabiam beijar mas que sabiam se agarrar com os homens muito bem de outros modos, bem como recebê-los com muita hospitalidade.

Começou a ensiná-la a beijar. Disse-lhe:

– Dê-me sua língua como lhe dei a minha.

Ela obedeceu.

– Gostou agora? – perguntou Jean.

Ela fez que sim.

Depois, com ele ainda deitado de costas, a observá-la, ela se apoiou sobre um cotovelo e, muito séria, pôs a língua de fora e a colocou entre os lábios de Jean.

Aquilo o encantou. Ela era uma boa aluna. Fez com que movesse a língua e desse uns golpes rápidos com ela. Permaneceram assim, se beijando, por longo tempo, antes que ele arriscasse outras carícias. Afinal, explorou seus pequenos seios. Ela não reclamou.

– Você nunca tinha beijado um homem antes? – perguntou Jean, incrédulo.

– Não – respondeu Jeanette, muito séria. – Mas sempre quis beijar. Foi por isso que fugi. Eu sabia que minha mãe ia continuar me escondendo tudo. Enquanto isso, ficava recebendo homens o tempo todo. Eu os ouvia. Minha mãe é muito bonita e recebe muitos homens, que se trancam no quarto com ela. Mas ela não me deixava vê-los, nem sair sozinha. E eu queria ter uns homens só para mim.

– Uns homens – repetiu Jean, rindo. – Um não basta?

– Ainda não sei – respondeu Jeanette, com a mesma seriedade de antes. – Terei que ver.

Jean concentrou então toda a sua atenção nos pequenos seios de Jeanette, firmes e pontudos. Beijou-os e os acariciou. Jeanette observava-o com grande interesse. Depois, quando Jean parou para descansar, ela desabotoou de repente a camisa dele, colocou os seios de encontro ao seu peito e esfregou-se, exatamente como um gato, voluptuosamente. Jean espantou-se com o seu talento natural. Estava progredindo depressa, a esfregar os mamilos nos bicos dos peitos dele, excitando-o.

Por isso, Jean resolveu desamarrar a calça do pijama que Jeanette estava usando. Mas nesse ponto ela pediu para apagar a luz.

Pierre chegou em casa por volta de meia-noite e, quando passou pelo quarto, ouviu os gemidos de uma mulher, gemidos que reconheceu como de prazer. Parou. Podia imaginar a cena atrás da porta. Os gemidos eram ritmados e, às vezes, lembravam o arrulho de pombos enamorados. Impossível não ouvir.

No dia seguinte, Jean falou com Pierre a respeito de Jeanette.

– Sabe, pensei que ela fosse apenas uma garota, e ela era... ela era virgem, mas nunca vi tamanha disposição para o amor. Ela é insaciável. Deixou-me exausto.

Jean foi trabalhar. Pierre permaneceu no apartamento. Ao meio-dia, Jeanette apareceu e, timidamente, perguntou se iria ter almoço. Os dois almoçaram juntos e depois ela desapareceu até que Jean voltou para casa. A mesma coisa aconteceu no dia seguinte. E no outro. Ela era quieta como um camundongo. Mas todas as noites Pierre ouvia os gemidos e arrulhos. Após oito dias, notou que Jean estava ficando cansado. Para começar, Jean tinha o dobro da idade de Jeanette, a qual, se lembrando da mãe, devia estar disposta a superá-la.

No nono dia, Jean passou a noite fora e Jeanette foi acordar Pierre. Estava alarmada. Pensava que Jean tivesse sofrido algum acidente. Mas Pierre adivinhara a verdade. Na verdade, Jean já estava cansado de Jeanette e quisera informar a mãe dela do seu paradeiro. Mas não tinha conseguido extrair de Jeanette o endereço e limitara-se a ficar afastado.

Pierre tentou consolar Jeanette da melhor forma que pôde e voltou para a cama. Ela ficou vagando pelo apartamento, mexendo nos livros, tentando comer, telefonando para a polícia. A cada momento entrava no quarto de Pierre para falar de sua ansiedade, olhando para ele desconsoladamente.

Finalmente, atreveu-se a perguntar:

– Você acha que Jean não me quer mais? Acha que eu devo ir embora?

– Acho que você devia voltar para casa – respondeu Pierre, exausto, sonolento e indiferente.

Mas, no dia seguinte, ela ainda estava lá, e aconteceu algo que veio perturbar sua indiferença.

Jeanette sentou-se na beira da cama para conversar com ele. Estava com um vestido muito fino, que era mais como um sachê, um mero invólucro para reter o perfume do seu corpo. Um perfume composto por vários perfumes, tão forte e penetrante, que Pierre foi capaz de captar todas as suas nuances – o odor forte e amargo do cabelo; as gotículas de suor no pescoço, sob os seios, debaixo dos braços; o hálito agridoce, como uma mistura de limão com mel; e, por baixo de tudo, o perfume de sua feminilidade que o calor do verão despertara, tal como faz com o perfume das flores.

Pierre tomou plena consciência do próprio corpo, sentindo a carícia do tecido do pijama em sua pele, dando-se conta de que o paletó estava aberto no peito e que ela talvez estivesse sentindo seu cheiro da mesma forma que estava sentindo o dela.

Seu desejo acabou por dominá-lo subitamente, com violência, e Pierre puxou Jeanette de encontro a si. Deitou-a ao seu lado e sentiu o seu corpo através do vestido fino. Mas, no mesmo instante, se lembrou de como Jean a fizera gemer horas seguidas e se perguntou se seria capaz de ter um desempenho tão bom. Nunca tinha estado antes tão perto de outro homem fazendo amor, nem ouvira os sons de uma mulher se exaurindo de prazer. Não tinha motivos para duvidar de sua potência. Tinha amplas provas de sucesso como bom amante, capaz de satisfazer suas parceiras. Mas, naquele momento, quando começou a acariciar Jeanette, a dúvida o assaltou – e foi uma dúvida tão grande que seu desejo morreu.

Jeanette espantou-se ao ver o que acontecia com Pierre bem no meio de suas tórridas carícias. Sentiu desprezo. Era por demais inexperiente para saber que aquilo podia acontecer a qualquer homem em certas circunstâncias, de modo que nada fez para reanimá-lo. Continuou deitada, suspirando e olhando para o teto. Depois Pierre beijou-lhe a boca, e disto ela gostou. Ele ergueu seu vestido, examinou-lhe as pernas, abaixou as ligas. A visão das meias começando a serem enroladas, das calcinhas brancas tão pequenas que estava usando, o sexo que tinha sob seus dedos, tudo aquilo junto excitou Pierre de novo, enchendo-o de desejo de pegá-la e de violentá-la, tão molhada e submissa estava Jeanette. Enfiou seu poderoso sexo dentro dela e se encantou com a estreiteza que encontrou. O sexo dela envolveu seu pênis como a bainha de uma espada, suave e carinhosamente.

Pierre sentiu que toda a sua potência estava de volta, não só a usual potência como sua habilidade na cama. Sabia, através de cada um dos movimentos que Jeanette fazia, onde ela estava querendo ser tocada. Quando Jeanette colou o corpo ao dele, Pierre cobriu-lhe as nádegas pequenas e redondas com as mãos muito quentes e, com um dedo, tocou o orifício. Ela estremeceu, mas não deixou escapar um ruído.

E Pierre estava esperando por um ruído, um sinal qualquer de aprovação, de encorajamento. Mas Jeanette continuava em absoluto silêncio. E Pierre continuou a esperar pelo sinal que desejava, enquanto continuava a se lançar ritmadamente para dentro dela.

Em dado instante, Pierre parou, retirou o pênis e, com a ponta dele, acariciou a rosada abertura do pequeno e róseo sexo de Jeanette.

Ela sorriu e se entregou, mas ainda no mais completo silêncio. Será que não estaria gostando? O que será que Jean fazia para arrancar-lhe tantos gemidos e gritos? Pierre tentou todas as posições que conhecia. Ergueu-a de encontro ao seu próprio corpo, segurando-a pela cintura e trazendo o sexo dela para o seu, enquanto se ajoelhava para melhor penetrá-la, mas Jeanette não deu um pio. Virou-a de bruços e possuiu-a por trás. Suas mãos estavam por toda parte. Ela estava ofegante e molhada, mas em silêncio. Pierre acariciou a bunda pequena e firme, os seios, mordeu-lhe os lábios, beijou seu sexo, penetrou-a com violência; fez de tudo, mas Jeanette continuou em silêncio.

Em desespero, ele pediu:

– Diga quando é que você quer gozar, diga quando você quer!

– Agora – disse ela imediatamente, como se estivesse esperando apenas aquela por pergunta.

– Você quer? – indagou ele de novo, cheio de dúvidas.

– Quero – afirmou ela, mas sua passividade o deixou incerto. Perdeu toda a vontade de gozar, de desfrutá-la. O desejo dele morreu dentro de Jeanette. E Pierre viu uma expressão de desapontamento no seu rosto.

Foi ela quem falou agora:

– Suponho que não sou tão atraente para você quanto as outras mulheres.

Pierre ficou surpreso.

– Claro que você é atraente, mas pareceu-me que não estava gostando, e isso me bloqueou.

– Eu estava gostando – assegurou Jeanette, espantada. – Claro que estava. Só tinha medo de Jean chegar e me ouvir. Pensei que, se ele me encontrasse aqui, podia pelo menos achar que você tinha me pegado contra minha vontade. Se Jean me ouvisse, contudo, ia saber que eu estava gostando e ficaria magoado, porque é ele quem diz para mim o tempo todo: "Então você gosta, então você gosta, então diga que gosta, vamos, fale, grite, você gosta, hein? Você gosta dele lá dentro, então diga, fale como é que você o sente?". Eu não sei dizer a ele *como* é aquilo que sinto, mas fico gemendo e gritando, e isso deixa Jean feliz e o excita.

Jean deveria ter adivinhado o que iria acontecer entre Jeanette e Pierre enquanto ele estivesse fora, mas não acreditou que Pierre fosse se interessar por ela; era tão jovem. Por isso ficou imensamente surpreso quando chegou e descobriu que Jeanette tinha ficado e que Pierre se mostrara disposto a consolá-la e até a sair com ela.

Pierre gostou de lhe comprar algumas roupas. Com esse objetivo, ele a acompanhou numa excursão pelas lojas e ficou esperando enquanto ela experimentava os vestidos nas pequenas cabines destinadas a isso. Era delicioso espiar através de uma fresta das cortinas puxadas de qualquer maneira, para ver não apenas Jeanette, seu corpinho infantil entrando e saindo dos vestidos, como também outras mulheres. Ele ficava sentado, quieto, numa cadeira em frente às cabines de prova, fumando. Podia ver pedaços de ombros, costas nuas e pernas aparecendo atrás das cortinas. E a gratidão de Jeanette pelas roupas que lhe deu tomou uma forma tão coquete que só poderia ser comparada aos maneirismos de uma profissional do *strip-tease*. Ela mal pôde esperar para sair da loja e se grudar nele enquanto andavam, dizendo:

– Olhe só para mim. Não é lindo?

E atirava os seios para a frente, provocadoramente.

Assim que entraram em um táxi, ela quis que ele pegasse no tecido, aprovasse os botões, acompanhasse com a mão o decote. Espreguiçava-se voluptuosamente, só para mostrar como o vestido estava justo e caía bem; acariciava o pano como se fosse sua própria pele.

Parecia agora tão ansiosa para tirar o vestido quanto se mostrara antes para vesti-lo. Queria tirá-lo, vê-lo amassado pelas mãos de Pierre, batizado pelo seu desejo.

Ela se moveu de encontro a Pierre, dentro do vestido novo, e ele ficou agudamente consciente de sua energia. E quando, por fim, chegaram em casa, ela quis se trancar no quarto com ele, para que se apropriasse do vestido tanto quanto tinha se apropriado do seu corpo. Não satisfeito pela fricção, Pierre sentiu que era urgente a necessidade de tirar-lhe o vestido. Só que, depois, ela não permaneceu nos seus braços, mas saiu andando pelo quarto a escovar o cabelo e passar pó no rosto, como se pretendesse apenas tirar o vestido, e Pierre tivesse que se contentar com aquilo.

Estava de sapatos de salto alto, meias, cinta-liga, e sua carne aparecia entre a cinta-liga e o início das calcinhas, assim como entre a cintura e o pequeno sutiã.

Após um momento, Pierre tentou segurá-la. Queria despi-la. Conseguiu apenas desabotoar o sutiã, porque de novo ela escorregou de suas mãos e fugiu para dançar. Queria mostrar todos os passos que sabia. Pierre admirou sua leveza.

Ele a pegou quando passou mais perto, mas Jeanette se recusou a deixar que tocasse em suas calcinhas. Permitiu que tirasse só as meias e os sapatos. E foi nessa hora que ela ouviu Jean entrar.

Do jeito que estava, saiu correndo do quarto de Pierre e correu ao encontro de Jean. Atirou-se nos seus braços, nua, exceto pelas calcinhas. Logo depois apareceu Pierre, que a seguira, furioso por ter sido privado de sua satisfação, frustrado porque ela havia preferido Jean.

Jean compreendeu tudo com um olhar. Mas não tinha desejo por Jeanette. Queria se livrar dela. Afastou-a e deixou os dois.

Ela se virou então para Pierre, que tentou acalmá-la. Jeanette continuou zangada. Começou a arrumar suas coisas, a se vestir, a se preparar para ir embora.

Pierre barrou-lhe o caminho, carregou-a para o quarto e atirou-a na cama.

Ele a possuiria desta vez, a qualquer preço. A luta foi agradável, seu terno áspero de encontro à pele dela, os sapatos contra seus pés nus, os botões roçando nos seios macios. Em toda aquela mistura de dureza e suavidade, frieza e calor, aspereza e maciez, Jeanette sentiu, pela primeira vez, que era Pierre quem dava as ordens. Ele percebeu a mudança de atitude. Tirou-lhe as calcinhas, deixando sem cobertura o suco que fluía de seu sexo.

Foi então que ele se deixou tomar pelo desejo diabólico de magoá-la. Inseriu-lhe apenas um dedo. Quando tinha trabalhado com o dedo o bastante para que Jeanette suplicasse para ser satisfeita e rolasse de excitação, Pierre parou.

Diante do seu rosto atônito, ele pegou no pênis ereto e o acariciou, proporcionando-se todo o prazer que podia extrair, usando às vezes apenas dois dedos em torno da cabeça, outras vezes usando toda a mão. Jeanette podia ver tudo, cada contração e expansão. Era como se ele tivesse um pássaro palpitante entre os dedos, um pássaro cativo que tentava voar para ela, mas que Pierre conservava para seu próprio prazer. Ela não podia tirar os olhos do pênis de Pierre, fascinada. Chegou o rosto mais para perto. Mas a raiva que sentira por Jeanette ter saído do quarto e se atirado nos braços de Jean ainda estava muito viva dentro de Pierre.

Ela se ajoelhou na sua frente. Embora estivesse latejando entre as pernas, achou que, se pelo menos pudesse beijar o pênis dele, talvez satisfizesse seu desejo. Pierre deixou que se ajoelhasse. Parecia prestes a oferecer o pênis para um beijo, mas não o fez. Continuou a manipulá-lo furiosamente, desfrutando cada movimento como se quisesse dizer que não precisava dela.

Jeanette atirou-se na cama e ficou histérica. Seus gestos descontrolados, o modo como enterrou a cabeça no travesseiro para não ver mais Pierre se acariciando, o jeito como seu corpo estava arqueado para cima – tudo aquilo excitou Pierre incrivelmente. Mas, mesmo assim, ele não lhe deu o pênis. Em vez disso, enterrou o rosto entre as pernas dela. Jeanette relaxou um pouco e foi ficando em silêncio. Murmurava baixinho coisas desconexas.

A boca de Pierre ficou toda molhada com a fresca espuma que encontrou entre as pernas de Jeanette, mas ele não deixou que gozasse. Continuou a torturá-la. Parou assim que sentiu que começava o ritmo do seu prazer. Conservou as pernas dela abertas. Com a mão esquerda pegou um dos seus seios. Jeanette estava quase desmaiando. Pierre sabia agora que Jean podia entrar no quarto e ela não notaria, poderia até mesmo fazer amor com ela que Jeanette não tomaria conhecimento de sua existência. Estava completamente dominada pela magia dos dedos de Pierre, aguardando o prazer que viria dele. Quando, por fim, seu pênis encostou de leve no corpo dela, foi como se a estivesse queimando; Jeanette estremeceu. Pierre ainda não tinha visto seu corpo tão abandonado, tão inconsciente de tudo que não fosse o desejo que a dominava de ser possuída e gozar. Ela florescera com as suas carícias, e no lugar da garota de antes nascera uma mulher.

SOBRE A AUTORA

Anaïs Nin nasceu em 21 de fevereiro de 1903 em Neuilly (arredores de Paris), filha de Joaquín Nin, pianista e compositor cubano, e de Rosa Culmell, dançarina também cubana, com ascendência franco-dinamarquesa. Durante a infância, acompanhou o pai em suas excursões artísticas por toda a Europa, vivendo sempre em meios cosmopolitas. Devido à separação dos seus pais, Anaïs viajou com a mãe e seus dois irmãos para os Estados Unidos quando tinha onze anos de idade, instalando-se com a família em Nova York. Em 1923, voltou a viver na Europa (a partir daí alternaria a vida entre os Estados Unidos e o Velho Continente) e começou a escrever: críticas, ensaios, ficção e um diário. A redação deste diário continuaria ao longo da vida adulta, resultando em dezenas de volumes e transformando-se em um dos documentos de maior importância literária, psicanalítica e antropológica do século XX. O primeiro volume dos diários, *The Diary of Anaïs Nin 1931-1934*, só foi publicado em 1966. Henry Miller, amigo e amante de Anaïs, foi quem primeiro chamou a atenção para a importância destes textos autobiográficos em artigo para a revista inglesa *The Criterion*, no ano de 1937. Além de um documento pessoal, os diários compõem um grande retrato da Paris do entreguerras e da Nova York do pós-Segunda Guerra Mundial. Eles se tornaram famosos por mostrarem intimamente as angústias da mulher ocidental na luta por seus anseios, por apresentarem a forma de autoanálise psicanalítica (Anaïs foi grandemente influenciada pelas então recentes descobertas de Freud, além de ter sido assistente de Otto Rank, discípulo do pai da psicanálise) e por proporem uma "escrita feminina".

Além de precursora das ideias libertárias sobre a mulher e sobre o sexo, Anaïs Nin foi amiga de inúmeros escritores, entre os quais D. H. Lawrence, André Breton, Antonin Artaud, Paul Éluard e Jean Cocteau. Além de, é claro, o próprio Henry Miller (grande parte da sua relação com Miller está contada no livro *Henry e June*, que contém trechos do diário dos anos 1931 e 1932), cujo romance *Trópico de câncer*, de 1934, que tem como tema principal o sexo, ela prefaciou.

Anaïs Nin passou a maior parte da fase final da sua vida nos Estados Unidos, além de ter escrito toda sua obra em inglês. Juntamente aos vários volumes do seu diário, deixou várias obras literárias, entre as quais o poema em prosa *House of Incest* (1936), o livro de contos *Under the Glass Bell* (1944) e os romances, em parte autobiográficos, *Ladders to Fire* (1946), *Uma espiã na casa do amor* (1954), *Seduction of the Minotaur* (1961), *The Novel of the Future* (1968), *Delta de Vênus* (1969), *Pequenos pássaros* (1979), entre outros. Morreu em 14 de janeiro de 1977, em Los Angeles, nos Estados Unidos.

Livros da autora publicados pela **L&PM** EDITORES

DIÁRIOS:
Henry e June: diários não expurgados 1931-1932
Incesto: diários não expurgados 1932-1934
Fogo: diários não expurgados 1934-1937

FICÇÃO:
Uma espiã na casa do amor
Delta de Vênus
Pequenos pássaros

IMPRESSÃO:

PALLOTTI
GRÁFICA

Santa Maria - RS | Fone: (55) 3220.4500
www.graficapallotti.com.br